D1095902

L'EMPREINTE FRANÇAISE

ROMANS

Terre arrachée, Saint-Denis, Chez l'auteur, 1982 (prix de Madagascar).

Madame Desbassayns, Saint-Denis, Éditions Jacaranda, 1985 (prix des Mascareignes).

Pour les bravos de l'empire, Saint-Denis, Éditions Jacaranda, 1987.

Soria, femme Bon Dieu, Paris, Éditions caribéennes, 1988.

La Nuit cyclone, Paris, Éditions Grasset, 1992 (prix Charles-Brisset).

L'Arbre de violence, Paris, Éditions Grasset, 1994 (prix de la Société des gens de lettres, Le Livre de Poche, 1996).

Danse sur un volcan, Jarry, Ibis Rouge Éditions, 2001.

Le Nègre blanc de bel air, Paris, Éditions Le Serpent à Plumes, 2002.

Kafdor (roman jeunesse version française), Ibis Rouge Éditions, 2004.

ESSAIS, DOCUMENTS

Anthologie du roman réunionnais, Paris, Éditions Seghers, 1991.

Le Défi d'un volcan, Paris, Éditions Stock, 1993.

Entre ciel et mer, l'île, Lyon, Éditions Paroles d'aube, 1993.

Les Engagés malgaches à la Réunion, Saint-Denis, Éditions Les Cahiers de notre histoire, 1995.

Les Mots à nu, Éditions Udir, 2000.

La Réunion des couleurs (photos de Roland Bénard), Saint-Denis, Éditions du Capricorne, 2003.

TRADUCTIONS *(du créole au français)*

Légendes créoles, Daniel Honoré, Saint-Denis, Éditions Udir, 1997.

Le Chemin des frères Ramondé, Daniel Honoré, Saint-Denis, Éditions Udir, 1999.

Légendes chinoises, Daniel Honoré, Saint-Denis, Éditions Udir, 2000.

Contes créoles, Daniel Honoré, Saint-Denis, Éditions Udir, 2003.

Jean-François Samlong

L'EMPREINTE FRANÇAISE

Roman

LE SERPENT À PLUMES

À mes grands-parents

À mon père et à ma mère

À mes professeurs de français venus de
Châtellerault, de Paris, des quatre coins de la France

À Georges Morgeau

*Chaque femme, une garantie d'extase
minutieusement élaborée.*

Ricardo GARIBAY, *La Maison qui brûle la nuit.*

PREMIÈRE PARTIE

Chapitre I

Le feu s'est éteint, la maison ne brûlera plus ni le jour ni la nuit. Il fait froid, soudain. C'est la deuxième femme qui me quitte, emmenant la voiture, l'enfant, un rêve de bonheur partagé pendant plus de quinze ans, et j'entends encore les voix, les rires, les silences comme si les murs refusaient la séparation, la solitude, et ce silence inconnu, pesant, qui m'empêche de respirer, m'avait déjà envahi à la mort de ma grand-mère. J'avais vingt-trois ans à l'époque, lorsque le ciel déposa un orage sur mes épaules. Le ciel change vite de couleurs sous les tropiques. Le destin des hommes aussi. Tout bascule, on plonge dans le fénoir tête la première ; tout se bouscule, et il ne vous reste plus qu'à aller chercher vos rêves dans la tombe. Morte, ma grand-mère ! Effroi et tremblements. De la pluie au fond des yeux, car je n'avais pas été là au moment du passage. De retour à la case, en fin d'après-midi, je garai ma vieille Renault sur le bas-côté de la route et je pris l'allée, me laissant guider par la prière des femmes. Je pénétrai dans la chambre où le corps avait été installé entre la flamme de deux bougies, et je posai mes lèvres sur une peau flasque, humide, d'un gris cendré comme la lumière qui l'entourait. Je l'appelais Man Lalie. Me revinrent alors les belles aventures que j'avais vécues à ses côtés, rangées au fond de ma mémoire pour meubler les nuits d'insomnie, et j'aurais voulu qu'elle me prenne dans ses bras pour me bercer encore de cette vie qui avait couru dans ses veines. Traverser les champs, les rivières, d'autres espaces, d'autres paysages où apprendre à vivre avec elle.

La mort, l'absence. C'est fini, et bien fini. La maison est vide, et le cœur aussi. Je sors dans le jardin, et je me couche sur le gazon qui n'a pas connu la lame de la tondeuse depuis un mois ; en revanche, il a été bien arrosé par les dernières pluies d'été tropical. J'ai eu tort de ne pas tondre l'herbe, car j'ai l'impression d'être allongé sur un lit d'épines. Au vrai, c'est le sentiment d'abandon qui sème des épines sous mon corps. Je suis un champ d'épines. Au-dessus de moi, si proche, le ciel est si bleu, si calme. Je souris. Réminiscence d'un cours de français, en troisième. Je revois le visage du jeune professeur métropolitain, doux, rieur, qui m'avait fait entrer au cœur de la poésie. Avec lui, la classe tout entière devait connaître sur le bout des doigts la règle des trois V : Vigny, Verlaine, Valéry. « Alors, quel poème as-tu appris ? » Réponse : « Le ciel est par-dessus le toit... » « Méfie-toi quand même du lyrisme romantique. Bon, récite-le moi ! » Ses yeux fixaient les miens. Plus de trente ans après, sa voix résonne dans ma tête avec cet accent qui me disait qu'il venait d'un pays lointain. Loin des siens, il s'était amouraché de cette île du bout du monde. Ah, le détour vaut bien un cliché !

Aujourd'hui le soleil ne brille pas moins qu'hier, et des pigeons, des merles, des tourterelles, des moineaux sont perchés sur les fils électriques : qu'attendent-ils ? Ma respiration est de plus en plus difficile, je commence à comprendre ce qui se passe en moi. Les oiseaux n'attendent rien ; moi, j'attends qu'ils chantent comme ma grand-mère chantait autrefois pour endormir mes peurs. Ce qui m'ennuie, c'est qu'il y a un air de famille entre eux – un faux air de rapace lorsqu'ils battent les ailes, étirent le cou pour épier mes moindres mouvements. À cinquante-deux ans, je suis là, étendu sur l'herbe, à espérer qu'un chant vienne adoucir ma peine. Redevient-on enfant au fil de l'âge ou ne sort-on jamais de l'enfance ? Je crois que, en dépit de l'expérience, et peut-être à cause des épreuves, on a un besoin de la voix de la mère, de l'oiseau, du vent (quand le vent n'est pas mauvais), de la cascade, de la mer. Toutes ces voix ne valent-elles pas une berceuse de Schumann ? J'ai un besoin de tout ce qui pourrait faire renaître en moi le souvenir du balancement d'un berceau. Berceau et tombeau : je ne connais pas de rime qui, quoique pauvre, donne autant de sueurs froides. Un raccourci si hardi donne le tournis. Ce n'est pas une raison pour baisser pavillon devant l'infortune : j'ai connu des bras de femme plus doux que des berceaux.

Tous les jeudis, ma grand-mère et moi, nous avions l'habitude d'aller à la rivière, elle pour laver le linge, et moi pour ramasser de l'herbe pour les lapins, me baigner, prendre des oiseaux à des bâtons enduits de colle natte, la glu la plus infaillible de la contrée (c'est peut-être pour ça que l'oiseau ne me berce plus aujourd'hui de son chant), pêcher l'écrevisse, jouer avec les gosses de mon âge. Nous avions une demi-heure de marche à pied entre d'immenses champs de canne pour atteindre la forêt de filaos, puis emprunter le sentier qui descendait vers le courant d'eau où les femmes du village avaient leur roche à laver. C'était aussi la roche à palabres, et lorsque les lavandières, dont la bouche était un moulin à commérages, discutaient, riaient, s'interpellaient, on eût dit que la rivière avait des milliers de bouches pour parler et rire. Ma grand-mère parlait peu, écoutait beaucoup. Très tôt, elle m'avait fait comprendre que l'homme est seul, et qu'il doit se préparer à être de plus en plus seul. Vivre, c'est d'une certaine façon apprendre à aimer la solitude. La présence de l'autre doit nous aider à approfondir cette vérité, non à l'oublier. J'ai presque tout oublié de ce que m'avait appris ma grand-mère. À présent je n'ai plus ses mots, ni le chant de l'oiseau, j'ai peur de la nuit qui viendra, du téléphone qui sonnera, des forces obscures du destin qui me lieront pieds et mains à elles.

Ce jeudi-là, le vent avait donné un grand coup de balai pour chasser les nuages vers la mer, élargissant la route du ciel, et les champs de canne faisaient le dos rond sous le soleil qui entaillait les yeux. J'eus une pensée pour mon grand-père chinois qui ne nous accompagnait jamais dans les sentiers, il passait de longues heures dans son pliant de toile à rêver de la Chine, sa terre natale. Sans doute rêvait-il de la jeune fiancée abandonnée autrefois sur les rives du fleuve Si-Kiang avant de se condamner à un exil volontaire qui n'était pas, à en croire les quelques mots échangés plus tard avec moi, un exil des plus heureux. Il n'est pas d'exils heureux, même à l'île de la Réunion, car la mer aggrave la distance entre passé et présent, et le chagrin, telle la rouille sur une épave, ronge ce qu'on a pu connaître de l'amitié, de l'amour. Au lieu de marcher à nos côtés, grand-père perdait son temps et son énergie à entretenir de vieux souvenirs qui n'avaient plus aucun lien avec nous. Parfois je le détestais dans son rôle de rêveur. Il comptait grand-mère pour des prunes – de petites prunes malgaches aigrelettes si on ne les avait pas roulées entre ses doigts avant de les manger. L'âcre révolte me gonflait le cœur. Le Chinetoque ! Toque, toqué, tocard ! Je ne misais plus sur lui. Il osait ce qui n'était permis à personne d'oser : considérer ma grand-mère comme négligeable. Il y avait de quoi se venger par de vilains jeux de mots, les dents serrées de rage. J'étais sûr de ne pas me tromper car elle était une grande, une très grande dame. Le Chinois en doutait, je le savais. Elle était si belle à mes yeux, comment l'expliquer ? un peu comme si son indifférence l'embellissait sans cesse. Qu'il la néglige donc ! Je ne ferais rien pour l'amener à de meilleures résolutions. Je me disais également que je n'aimerais pas être à sa place. Ma place, c'était auprès de ma grand-mère, et je me sentais si bien en sa présence que cela tracassait le Chinois qui croyait qu'elle n'aimait plus que moi. C'était sa faute puisqu'il pensait pouvoir vivre sans elle.

– Tu te dépêches ! me lança Man Lalie, ce jour-là.

Tout en pressant le pas, je saboulais serins et tisserins à coups de pierre, et quel bonheur de les voir s'envoler, puis s'abattre plus loin sur les tiges de fataque, l'aile froissée. J'ai honte d'écrire ça, mais j'avais l'insouciance et la cruauté de mes treize ans – cruauté que les oiseaux ne m'ont jamais pardonnée. Le plus surprenant, c'est que l'idée d'avoir des ailes me plaisait, je me voyais les déployer au-dessus des champs, de la forêt, de la rivière, sans imaginer un seul instant que quelqu'un pourrait me les briser avec un lance-pierre ou avec des mots plus durs que des galets, en me traitant de tous les noms... d'oiseaux. Quel bonheur étriqué, borné, qui me laissait croire que je régnais sur le monde parce que j'avais une arme à la main et batifolais à ma guise dans les sillons creusés par les roues des charrettes, entre les herbes desséchées par le soleil, loin de tout danger. Mais je me leurrais sur la tranquillité de notre promenade. J'avais posé mon panier par terre, prêt à ramasser un caillou digne de froisser plus d'une aile en plein vol, lorsque j'entendis le tonnerre gronder dans mon dos. Un roulement de tonnerre par ciel bleu, je n'avais jamais entendu ça. Je fis une pirouette et, ébloui par la lumière, je crus voir mille sabots surgir dans la courbe. Je levai les bras en hurlant : « Grand-mère ! » Mais la tête enfoncée dans son balluchon, mon cri ne pouvait pas l'alerter. Alors je promis au Tout-Puissant que si la bête l'épargnait, je ne jetterais plus la pierre à quiconque, fût-il un animal couvert de poils, de plumes ou d'écailles. Et le miracle s'accomplit. Au moment où les sabots allaient frapper à l'aveuglette, grand-mère se prit le pied dans une touffe d'herbe providentielle qui la fit basculer d'un côté, et le linge de l'autre.

Inquiet, je courus vers elle.

– C'est quoi, ce cyclone ? me demanda-t-elle.

– Le cheval du gros-blanc, dis-je, comme s'il s'agissait d'un monstre des légendes.

– Si c'est la bête qui mène l'homme, on n'est sûr de rien. J'espère que t'as salué le maître ! Tu sais qu'on marche sur ses terres ? Il est très riche, c'est pour ça qu'on l'appelle le gros-blanc et qu'on enlève son chapeau quand il passe à cheval ou en voiture.

– Et si on n'a rien à dire ?

– On ferme sa bouche et on regarde passer celui qui vient de dehors, de l'autre côté de la mer. Dehors est un grand pays. C'est la France !

– Et nous, on vient d'où ?

– Nous, c'est un peu Madagascar, l'Afrique, l'Inde, la Chine. Un peu du monde de partout, sans savoir à quel monde on appartient vraiment... On est de toutes les couleurs : blancs, jaunes, noirs...

– On est un peu la France aussi ?

– T'as vu la couleur de ta peau ? Tu peux penser que tu es français, mais ne le dis pas. On risque de te rire au nez. Et ce rire-là, ça fait mal. Le préfet, les directeurs, les médecins, les gendarmes, ils sont blancs ; les professeurs, ils sont blancs aussi.

– Si un jour je deviens instituteur, je pourrais dire que je suis français ?

– Tu pourras même le crier sur tous les toits !

Mais être français, ça ne veut pas dire oublier qui tu es, ni d'où tu viens, en tout cas, si tu dois parler au maître, tu dis «mon Blanc» sans le regarder dans les yeux

— Monsieur, c'est pas assez pour lui?

— Mon Blanc, c'est pas assez.

— Il est comme le bon Dieu?

— Presque.

— Il fait des miracles?

— Le miracle, c'est qu'il a toujours fait vivre les Maout, les Poniapin, les Sosthène, les Sangaman, tous des mange-la-misère qui tirent le diable par la queue. Le miracle, c'est d'avoir un gazon de riz[1] dans sa marmite!

À peine remise de son émotion, ma grand-mère avait tout pardonné au piètre cavalier, tandis que moi, sans autre forme de procès, je l'avais expédié en enfer depuis longtemps. Si elle avait pu lire dans mes pensées, elle m'aurait gentiment giflé avec le «tu ne maudiras pas» du catéchisme. Oh çà oui! mais j'étais tout plein de colère; elle, pleine de bonté et d'admiration craintive à l'égard du maître des lieux, riche, imposant, chevauchant impérialement sa monture, soit on s'écartait de sa route, soit on se faisait écrabouiller comme si nous autres, pauvres gens du pays, nous n'existions pas ou si peu. C'est vrai que dans le même temps, il savait tolérer, quand il le jugeait

---

1. Une poignée de riz, juste de quoi survivre.

nécessaire, qu'on mangeât ses cannes les plus
sucrées au milieu du champ, qu'on traversât ses
terres pour se rendre à la rivière, qu'on ramassât
du bois mort dans la forêt, qu'on cueillît de
l'herbe pour les bœufs, cabris et lapins, qu'on
piégeât la caille et la perdrix, qu'on tendît des
collets à lièvre, mais ce qui me gênait, c'est qu'il
tolérait ces larcins du haut de son cheval d'orgueil. Était-il bon ou méprisant vis-à-vis de nous ?
Je n'aurais su le dire. Mais quand ma grand-mère
disait « mon Blanc », elle avait tout dit en somme,
le début et la fin d'une prière pour que Dieu
prêtât longue vie à l'homme et à la bête. J'étais
trop jeune pour comprendre que le peuple possédait déjà une histoire qu'il n'avait pas encore
écrite, ni librement choisie, mais le bon peuple
sait, a toujours su que, pour éviter le malheur, il
faut nager comme un poisson dans le fleuve de la
vie. Est-ce une lâcheté que de vouloir vivre en
paix après avoir connu l'esclavage pendant plus
d'un siècle ?

Ma grand-mère était l'une des rares femmes
du village à savoir lire et signer de son nom, et si
elle ignorait tout du passé de l'île, de la colonie
à la départementalisation[1], elle conservait en elle
l'image virtuelle d'une France généreuse qui,
sans partialité, couvre tous ses enfants des trois

---

1. L'île de la Réunion, vieille colonie, a été érigée en départe-
ment français en mars 1946.

couleurs de la liberté, de l'égalité, de la fraternité. Un seul peuple sous les couleurs d'un même drapeau, une façon comme une autre de faire un pied de nez à ceux qui opposent le droit du sang au droit du sol, et soutiennent qu'ils ont du sang grec. Grand-mère, qui était une sang-mêlé, entretenait cette idée comme le feu entretient la chaleur. Le plus bel exemple de la générosité de la France, c'est l'école qui doit laisser dans notre esprit, notre cœur, notre mémoire, la précieuse empreinte de la culture française. Savoir lire, écrire et parler dans la langue du gros-blanc. C'était sa référence. Savoir vivre comme en France. En un mot, devenir fonctionnaire. Fonctionnaire des douanes, des postes, des postes de police, de l'Éducation nationale, ça n'avait aucune importance du moment où on avait pu remplacer la pioche par un stylo, travaillant dans un bureau, entre quatre murs, loin des champs de canne, à l'abri du vent, du soleil, de la pluie, de la misère. L'irritation de la peau provoquée par le duvet de la feuille de canne était le signe d'une déchéance, d'une disgrâce, d'un fait-noir qui maintenait l'âme dans le désarroi, et les générations se succédaient sans espoir de sortir de derrière les barreaux de la canne.

Aujourd'hui que j'enseigne la langue française et la langue créole aux collégiens, je suis content d'avoir échappé aux morsures des fourmis grands galops, à la grattelle, à la pauvreté, heureux d'avoir aimé la langue du gros-blanc qui, on s'en doute, n'était pas la langue de Molière. Je ne crie pas sur les toits que je suis français : j'écris. Sur mon lit d'épines, je ne sais toujours pas comment peupler ma solitude après le départ précipité de ma femme et de ma fille de six ans. Le silence des oiseaux m'exaspère. Alors je revois le chemin parcouru, j'en suis fier. Je ferme les yeux pour retrouver ma grand-mère sur le chemin de halage, me disant : « Ne me regarde pas comme ça ! (Elle réajusta le balluchon sur sa tête.) Il n'y a pas de quoi s'égosiller. Si le malheur passe à côté de toi, tu fais un signe de croix et tu suis ta route ! » Je demandai : « Et si le cheval m'avait renversé ? »

Le regard mi-tendre mi-ironique, elle murmura qu'il ne m'arriverait rien, rien de grave tant qu'elle serait là près de moi, et que personne ne m'empêcherait d'être ce que je voudrais être, même quand elle serait morte, mais toujours vivante pour moi, car du haut du ciel elle veillerait à ce qu'on tourne les plus belles pages de ma vie. C'est pour ça qu'elle avait appris à lire. Lorsqu'elle plongea son regard dans le mien, le sang me prit le visage, le sommet du crâne, la colonne vertébrale, puis une vague de feu enveloppa mon corps et, durant une minute, j'eus la sensation d'être sur mon petit nuage comme si j'avais des ailes. Seule la tendresse d'une grand-mère ou d'une mère (je le suppose) peut vous donner l'avant-goût d'un si grand bonheur. Depuis, je n'ai pas commis l'imprudence de demander aux femmes qui ont croisé ma route de me regarder de cette façon-là. Je sais que chaque herbe a son parfum ; chaque femme exhale un arôme inconnu ; chaque source a sa fraîcheur ; chaque plaisir laisse des souvenirs qu'on ne peut comparer à d'autres. Quand je revins sur terre, le balluchon de ma grand-mère filait entre les cannes qui lui faisaient une haie d'honneur. Mon panier à la main, je courus pour la rattraper. Comme elle, je détestais les avalasses, les cyclones. Mais j'étais seul à pleurer l'absence de ma mère. Chaque nuit, j'avais le sentiment que la même main qui avait fermé la porte au soleil, ouvrait les vannes qui maintenaient l'eau dans les rigoles. Plus d'une fois grand-mère avait séché mes larmes. Elle m'adorait. Et m'adorant, elle voulait effacer de mon visage la mine boudeuse qui ne présageait rien de bon. « Il te faut un bain de ciel ! », me disait-elle. Elle essayait également de redonner des couleurs au cœur, un pari difficile, car il faudrait y mettre le feu, brûler des pensées plus tenaces que le chiendent fil de fer, asphyxier le flux de rancœurs, incendier les carrés d'ombre, or ma grand-mère ne prendrait jamais le risque de jouer avec le feu !

Plus tard, nous quittâmes les terres que le gardien malgache surveillait du haut du piton, la sagaie à la main, et nous descendîmes vers la rivière qui, tout au long d'un parcours bordé d'arbres, de soleil, de vols d'oiseaux, ignorait le sens de l'ordre et de la mesure. Nous étions les premiers à fouler la berge déserte. Grand-mère s'installa aussitôt à sa roche à laver habituelle et, de l'eau jusqu'aux genoux, le chapeau de paille sur la tête, elle se mit à brosser, à rincer, à essorer son linge tout en se demandant sans doute si son petit-fils, grand pêcheur d'écrevisses et d'œufs de crapaud devant l'Éternel, se hisserait un jour à la force du poignet pour devenir un Français à part entière. Pendant ce temps, la demi-portion de Français tentait de piéger les jeunes anguilles qui frétillaient en remontant le courant, mais le cœur n'y était pas, car le martèlement des sabots de la bête résonnait en moi avec l'acuité d'une menace : je venais de prendre conscience que je pouvais perdre ma grand-mère. Une telle menace suscite la révolte, et vous oblige en même temps à courber l'échine devant la fatalité des événements, à ne pas regarder en face le soleil qui aveugle ici plus qu'ailleurs. Telles sont les îles, trompeuses. Telle était ma mère, qui m'avait mis au monde pour que je sois toujours hors de moi, exposé à toutes les rancunes. Comme si elle avait deviné mes noires pensées, Man Lalie me fit signe de venir la rejoindre, car elle avait des choses à m'apprendre.

Les sages leçons de ma grand-mère, je les savourais, fier d'être le disciple d'une grande dame créole qui m'enseignait la vie, et, fait extraordinaire, qu'elle me parlât des vivants ou des morts, de moi ou des esprits qui peuplent l'univers, je saisissais à peu près tout. Ses mots disaient qu'elle m'aimait ; son regard me rassurait. Ce jour-là, debout à ses côtés, elle m'invita à regarder dans l'eau comme dans un miroir et à lui raconter ce que je voyais : reflet du ciel, du soleil, de la branche d'un manguier, d'un visage, et au fond, une masse sombre, la roche qui formait le lit de la rivière. Une brise légère, et mon reflet se mêlait au reflet de ma grand-mère dans un tourbillon de lumière, une image fidèle à nos pensées, à nos sentiments. Où voulait-elle en venir ? Au fait que, dès à présent, je devais chercher en moi le socle sur lequel bâtir un avenir arc-en-ciel. Liberté : bleue comme ciel ; égalité : blanc comme paille-en-queue ; fraternité : rouge comme flamboyant. Les couleurs françaises épousaient les trois couleurs de mon destin. Accorder de l'importance à ce qui se dévoilait à la surface des choses (j'ai compris plus tard que le monde des reflets est aussi celui des illusions), c'est tourner le dos à la vérité. Je rétorquai bêtement à ma grand-mère qu'il n'y avait pas de rocher en nous, mais seulement un squelette fragile que le gardien malgache pouvait briser d'un seul coup de sagaie. Tout en tordant son linge pour extirper le premier jus, elle me confia que les montagnes étaient si hautes en nous qu'il faudrait une vie pour vaincre le vertige, et une autre pour se persuader que tout n'est que vanité des vanités, d'après ce qu'elle avait entendu dire par le curé Aiglefin. Puis elle se tut. J'avais l'impression qu'elle me pressait avec ses mots comme ses doigts pressaient le linge pour le rendre propre, prêt à être étalé au soleil, au vu et au su des femmes du village qui dégringolaient dans le sentier, la marmaille dans leur robe. Le regard lointain, j'imaginais que grand-mère et moi nous gravissions toutes les montagnes, excepté le Golgotha.

Aujourd'hui, en attendant qu'un oiseau perché sur le fil électrique daigne jeter une note gaie dans ma réflexion, j'ai du mal à compter les années dilapidées à poursuivre le vent, à marcher dans l'orgueil avant de reconnaître que l'essentiel de la leçon m'avait échappé : il n'est au monde que le Golgotha à gravir, et encore, et encore.

Je dois avouer que, le jeu passant avant les leçons de ma grand-mère, je répondais aux moindres sollicitations de mes camarades, je m'évanouissais avec eux dans la nature pour faire la fête au bord de l'eau, sur la colline, sous la cascade, en haut des arbres à dénicher les oiseaux, les œufs, les nids ; c'était la fête dans le verger du gros-blanc où l'on avalait les bananes arrachées au régime, et durant la saison des mangues et des vavangues, on en mangeait à satiété. Le danger, c'est qu'on plongeait dans le bassin des Hirondelles le ventre ballonné ; le plus drôle, c'est qu'on maintenait la tête du plus faible d'entre nous sous l'eau jusqu'à ce qu'il vomît son repas, les yeux larmoyants. Nous, nous riions. Et le paysage riait avec nous. Puis nous nous éloignions des corps étrangers qui flottaient à la surface de l'eau, nous nous séchions, allongés nus sur la roche à la façon de caméléons géants. L'un profitait de ce bref moment de répit pour soigner une vilaine plaie au pied, au genou ou à la main, c'est-à-dire pour la mettre à vif et l'exposer aux rayons du soleil ; un autre bâillait de fatigue, à s'en décrocher la mâchoire comme on dit ; le souffre-douleur, titillé par la faim, se tortillait comme une anguille échouée dans le lit d'une rivière asséchée ; moi, je racontais des sirandanes, des devinettes créoles venues du fin fond de l'histoire.

— *Kriké !* lançais-je.

— *Kraké !* répondaient ceux qui avaient encore la force d'ouvrir la bouche autrement que pour bâiller.

— Gros-blanc dans la marmite ?

— Le riz.

— Mon berceau mon chapeau, mon chapeau mon tombeau ?

— L'escargot.

— Blanc dans du blanc ?

— Le gros-blanc sur son cheval blanc.

— Elle a des bras, pas de jambes, mais elle court ?

— La rivière !

C'était le mot d'ordre, magique. Le plus rapide piquait le premier une tête dans le bassin, sans regarder ni devant ni derrière, au bout d'une course effrénée. Aussitôt les jeux reprenaient : rester sous l'eau le plus longtemps, les narines pincées ; plonger de la plus haute branche de l'arbre pour descendre jusqu'à une certaine profondeur d'où l'on pouvait ramener un caillou ou de la vase dans le creux de la main, signe de hardiesse et d'adresse ; bien sûr, faire boire une tasse au souffre-douleur sur qui pleuvaient tous les mauvais coups. Un jour, j'ai été souffre-douleur de la bande qui m'a obligé à avaler une quantité d'eau inimaginable. Le pire, je crois, c'est de ne pas pouvoir reprendre son souffle en buvant, toussant, crachant des injures. J'ai cru mourir, car mes paupières étaient lourdes et, dans cette euphorie qui soudain touche le plongeur en apnée, je m'enfonçais dans les ténèbres comme si je voulais réintégrer le corps de ma mère pour reprendre la vie commune avec elle, tout recommencer de zéro, puis réussir ma sortie tel un personnage de théâtre. Dès que mes camarades ont compris que j'étais en train de me noyer, ils m'ont tiré sur la berge, m'ont giflé sans ménagement pour que je reprenne conscience, m'ont bourré de coups pour que je vide l'eau de mon ventre gonflé comme un ballon de baudruche. Trop de coups pour être honnête ! Ils ont profité de ma lassitude pour me faire payer de vieilles dettes. C'était de bonne guerre, et je n'ai pas été me plaindre au bureau des réclamations.

J'étais couvert de bleus, mais fier d'avoir pu regarder la mort en face.

– On s'en va, me prévint grand-mère.

Je sortis de ma rêverie pour constater, une fois de plus, qu'elle avait déjà repris au soleil le linge étendu sur la roche. Tout était prêt. Elle mit son chapeau de paille, puis plaça le balluchon sur sa tête. Elle avait le courage et la force d'un homme, et jamais elle ne me reprochait d'avoir tardé à lui obéir ou de l'avoir laissée faire toute seule, jamais une réprimande, la colère. Quand j'arrivais près d'elle, elle me fixait avec une douceur inquiète qui me faisait frissonner des pieds à la tête, son petit-fils ne s'était pas blessé en sautant de roche en roche comme un cabri sauvage, en nageant, en plongeant, en grimpant à l'arbre, en se bagarrant, et c'était là l'essentiel. Son regard me disait : « Tu t'es amusé ? C'est bien. » Devant mes prunelles pleines d'éclairs de joie, elle souriait. Elle me paraissait encore plus belle dans son sourire, et j'avais la sensation de nager dans une rivière d'amour. Mon panier à la main, je suivais la robe de ma grand-mère dans le layon. À vingt ans, j'ai suivi le balancement d'autres robes sans retrouver ce bonheur d'hier, ces moments où on rit seul, on parle haut, on admire le soleil parce qu'on est avant tout amoureux de la vie. Les poètes n'ont pas menti sur ces moments où on aime un bruit de pas, où on attend une parole, où chaque seconde dure une éternité ; ces moments mémorables où on chante en silence, où on abat le masque, où on est soi-même un peu de ciel avec des étoiles. À trente ans, lorsque le désir me brûlait le sang, je négligeais les leçons apprises dans le sentier, je m'arrêtais à ce qui se voyait, se voilait, se volait, sans trop me soucier de l'amour égaré sous les rides du plaisir. À quarante ans, je haletais la tête enfouie sous des jupons, à la recherche de je ne sais quels rayons de miel comme si j'agonisais, je mourais de faim, de désir, c'était un beau mirage les dessous de la femme, une oasis à laquelle on boit sans jamais apaiser sa soif de jouissance. À cinquante-deux ans, je n'ai pas réussi à sortir d'elles. Je cherche encore la porte par où je suis entré, je dois pouvoir en sortir pourtant, il y a une fente par où j'ai glissé ma passion d'elles, je regarde encore, sûrement que je la trouverai si j'insiste. Sans pleurer, je cherche pour ne pas rester là où je me suis écroulé. Je renverse la tête, et je ne quitte pas des yeux les oiseaux couchés sur les fils électriques, muets, tranquilles. Je tends les bras ; j'attends un chant d'espoir comme une terre fendillée attend la pluie. Que vais-je devenir ? Qu'ai-je fait de moi, de celles qui m'ont aimé ? J'entends la voix qui me dit de déposer le panier dans la cuisine, et de ne pas tarder à faire mes devoirs. Grand-mère, me diras-tu un jour où déposer ma peine ?

Je me souviens de la détermination avec laquelle je me dirigeai vers grand-père qui, dans son pliant de toile, la tête sur le côté – du côté de sa rêverie habituelle –, voguait de port en port sur son inusable sampan à la recherche de la fiancée dont un soir il m'avait conté la destinée. Assis sur le perron, je contemplai son front creusé par la nostalgie du pays natal, ses cheveux raides, sa peau salie par la vieillesse, ses lèvres soudées sur l'envie de revoir la plaine des Ying-long (les dragons ailés de la Chine), et je pensai qu'il était le dieu des rêveurs, un disciple de Chou-chang, qui enseignait que tout n'est qu'illusion, sauf le rêve. Le rêve du sage Chou-chang, c'était d'empêcher le soleil de descendre du ciel ; le rêve de mon grand-père chinois, c'était de tuer le monstre Tch'e-yeou qui, féroce et vicieux, l'avait attiré dans la prison de l'île. Puis je me redressai. « Grand-père ! », dis-je en lui touchant le bras, de peur qu'il ne sombre dans les eaux du songe. Mais ma voix, confondue semble-t-il avec celle du maître de cérémonie, eut pour effet de le plonger davantage dans son rêve de noces grandioses. Tout à coup son visage s'illumina : Léon de Sam, fils du Ciel, a choisi de prendre pour épouse la belle héritière du roi de Sichuan. Voici le prince ! Les sonnailles annoncent son entrée et, sur sept cents chars, il traverse le village tandis qu'en son palais de joie la fille vierge s'émeut... Décidé, je lui secouai le bras. Ouvrant les plis de ses yeux, il grimaça car je n'avais rien de la magnificence d'une princesse, je m'en doutais un peu, mais pour le maintenir éveillé, je lui contai dans un seul souffle de quelle façon le gros-blanc avait déboulé sur son cheval, fonçant sur nous, puis s'en était allé sans se demander s'il y avait un mort ou pas. Il me demanda qui était mort. Je lui répondis que grand-mère avait failli mourir sous les sabots de la bête.

– Lalie a les reins solides, fit-il.

– Mais le gros-blanc ne peut pas nous écraser comme des fourmis ! Au collège, le prof répète tout le temps qu'on est français, et que ça nous donne des droits ! Et que nos droits sont écrits dans des livres...

– Tu galopes trop vite, mon garçon ! Tu dois savoir que la vie, c'est pas comme dans les livres. Je vais te raconter une histoire. En Chine...

J'avais déjà compris que grand-père n'était pas de notre côté, et qu'il me fallait chercher une consolation sous les oriflammes d'une France bleu-blanc-rouge plutôt que sous les flammes du dragon. Je l'abandonnai moitié traître, moitié rêveur dans ce que j'avais pompeusement baptisé son *Autel du Sol*. À l'époque de la puissante dynastie Han, c'était un carré de terre qui, faisant partie de la résidence du prince, contenait en lui la vertu (*tao*) de la terre seigneuriale, et nul doute qu'après tant d'années d'exil, le vieux pliant n'était ni plus ni moins que son sol natal, sa patrie imaginaire. Et, bien entendu, sa dignité datait aussi de la Chine impériale. Donc je me suis éloigné de mon grand-père, chaque jour un peu plus, et aujourd'hui je regrette de n'avoir fait aucun effort pour mieux le connaître, l'aimer. Comme il ne souhaitait pas être enterré auprès de ma grand-mère (tant pis pour lui !), il s'est rendu à la mairie pour s'acheter une concession funéraire à perpétuité, interdisant quiconque d'être enseveli à ses côtés, si bien qu'il repose seul dans la tombe sur laquelle je n'ai jamais déposé une prière des morts.

Chapitre II

Nous habitions dans le hameau « Chemin D 23 », du nom de la route départementale qui le traverse, composé autrefois de dix cases, la plupart en bois sous tôle, excepté deux ou trois qui avaient gardé leur toit de misère, des bottes de paille. Personne n'avait l'eau courante, ni ne s'éclairait à l'électricité, si bien qu'à la nuit tombante le lieudit s'enfonçait dans l'obscurité.

Nous étions une poignée de gosses turbulents qui, en fin d'après-midi, après avoir donné de l'herbe aux bêtes, devions nous approvisionner en eau à la fontaine communale. Donc, m'étant éloigné du pliant de toile de mon grand-père, je pris le seau que j'utilisais chaque soir pour remplir le bac à eau posé sur un socle de béton, à l'ombre du jacquier. À travers le grillage métallique de la cuisine qui, selon le mode de vie créole, jouxte la petite case, grand-mère m'adressa un sourire. Elle me souriait toujours lorsque je me dévouais à la tâche sans qu'elle eût à me rappeler que je devais

faire telle ou telle chose. À vrai dire, avec l'aide de
mes camarades, je voulais exercer ma vengeance
sur le gros-blanc qui avait foncé sur nous à toute
bride. Je pardonne plus facilement aujourd'hui.
Mais ce jour-là, je voulais me mettre dans la peau
d'un Ti-Jean, joyeux drille de nos contes popu-
laires, Gavroche des îles qui se plaît à tourner
en ridicule le diable à la fesse en or et tous les
petits potentats des villes et des champs ; je
voulais, n'était-ce pas un gros mensonge à moi-
même, venger l'honneur de ma grand-mère.

Autour de la fontaine où il m'arrivait de boire
une eau fraternelle en compagnie de la bande
(le plus souvent la voix de la discorde grondait
entre nous), la marmaille pépiait ; de l'autre côté
du chemin, sous le manguier, les plus grands
s'adonnaient au jeu de billes, sourds au caquetage
des filles qui, prétendaient-ils, n'attendaient qu'un
regard d'eux pour devenir dociles. Eux, bien
entendu, refusaient toute sentimentalité. Plus tard
ils effleureraient les lèvres de leurs lèvres, mor-
draient dans le fruit des amours, goûteraient à la
première larme, aux premiers secrets, à la caresse
interdite. Le jeu de billes, c'était sacré. Les règles,
ils les connaissaient ; en revanche, ils n'avaient pas
encore appris à jouer avec le cœur des filles, un jeu
beaucoup plus périlleux, et ils pressentaient que
leur imprudence serait punie. Qui s'y risquerait ?
Je fis entrer mon seau dans la file d'attente avant de
rejoindre la bande sous l'arbre.

À mon approche, quelques têtes se levèrent.

– Tu pousses ? me demanda le Coco-Rasé.

– Il y a mieux que ça à faire, tête de bille. C'est bizarre que mon ami Saint-Pierre ne soit pas là ! L'heure est grave et j'ai besoin de lui. Où est-il ?

– Au paradis, lança le Coco-Rasé.

Comment aurait-il pu savoir que, l'esprit dans la brume, je n'étais pas d'humeur à plaisanter ? L'ayant agrippé par le col de la chemise, je serrai si fort qu'il passa par les couleurs du drapeau français, celles de l'ordre, du devoir, du respect. Je repris ma question. Dans un filet de voix, il me répondit que depuis hier soir une fièvre de cheval clouait Saint-Pierre au lit. Justement, répliquai-je, le bourrin du gros-blanc faillit piétiner, écraser, écrabouiller ma grand-mère : si quelqu'un doute de ma parole, qu'il le dise ! Silence religieux. Je leur livrai ma version des faits, avec force détails où se complaît en général l'inquiétante exagération des enfants qui ont une imagination fertile. Je mimai le martèlement des sabots, la chute de ma grand-mère, mes cris, l'éparpillement du linge et, pour parfaire le tableau, pourquoi ne pas y apposer une goutte de sang ? La crainte d'en faire un peu trop m'obligea à réfréner mon goût de la mise en scène, d'autant que ce n'était pas néces-saire, car ils s'étaient tous ralliés à ma cause. Tous ? Non. Je me méfiais du Coco-Rasé, chétif, souffreteux, le modèle parfait du souffre-douleur, si bien que, la plupart du temps, il se tenait à l'écart de nos jeux les plus violents. Chaque fois que je l'observais de biais, je me disais qu'il rachetait une pelletée de péchés commis dans une vie antérieure. Et ce n'était pas une vie d'enfant ! La tare qui désormais le dépréciait davantage à mes yeux, c'est que sa mère était blanchisseuse chez le gros-blanc. Pour tuer les poux qui en toute saison campaient dans la tignasse de son unique rejeton, elle avait eu recours aux méthodes d'antan : poudre de cancrelats, bave d'escargots et cataplasmes d'araignées au dos jaune et au ventre noir, les plus venimeuses. Rien n'y avait manqué, pour de médiocres résultats. Dépitée mais pas abattue, elle avait opté pour la coquille d'œuf, un crâne rasé à l'aide d'un canif à la lame émoussée, et ce crâne déjà laid présentait ici et là des chemins de rats, de vilaines entailles dont la cicatrisation durait depuis trop longtemps. Dans ce visage maigre, il y avait une bouche ; dans cette bouche aux lèvres en feuilles de vacoa (qui coupent des deux côtés), il y avait une langue qui battait plus vite que les lames de la mer. Ainsi le Coco-Rasé méritait autant son drôle de sobriquet que sa réputation de commère. Qu'il eût des poux dans le cœur ne m'aurait pas étonné !

Il commença par déclarer que ce qui l'agaçait avec le gros-blanc, c'est qu'il se croyait vraiment tout permis et... Et il n'osa pas s'aventurer au bout de sa pensée qui l'aurait conduit trop loin dans l'engagement tacite passé entre nous, mais il avait mordu à mon histoire et c'était le principal. Dès lors il fallait voir ce que nous dictait l'honneur, car traiter le gros-blanc avec mépris n'avait pas suffi à émousser ma rage. J'avais trois lieutenants, et je les passai en revue, sondant le cœur de chacun afin d'être sûr de pouvoir compter sur leur courage et leur fidélité. Puis je pris cette voix qu'on se donne un jour d'enterrement, et j'ajoutai que ma grand-mère était en ce moment même sur son lit de mort. Ils hurlèrent qu'on devait la venger, l'un plus hardi que l'autre sous l'aiguillon du nombre qui fait toujours la loi. Je gardai le silence, satisfait. Le Coco-Rasé avait l'air attentif, et il n'avait pas perdu le fil de la conversation. Lorsque je plongeai de nouveau mes yeux dans les siens, il avala sa salive. Je lui confiai la mission d'aller tirer Saint-Pierre de sa fièvre, qu'il vienne se joindre à nous sur-le-champ. Il esquissa un geste de protestation, je brandis mes poings. Plus hypocrite que téméraire, il imita le lièvre de la fable, et tandis qu'il courait encore, on se mit à réfléchir de quelle façon manger le plat froid de la vengeance. Les galopins, qui n'étaient jamais à court de mauvais tours, de proposer des solutions : creuser un trou qui, hérissé de pieux en bambou, serait dissimulé sous un lit d'herbes ; puis placer une solide corde de choka en travers du chemin, et dès que le cheval pointerait le nez dans le tournant, il n'y aurait plus qu'à tendre la corde pour ramasser la badine d'un côté, les bottes de l'autre. Le Rouquin, qui voulait être en grâce auprès de moi dans l'espoir qu'il n'aurait pas à me rendre les billes que je lui avais prêtées, me promit de tuer le monstre d'un coup de fusil, sachant parfaitement qu'il n'y avait pas l'ombre d'une arme à feu à dix lieues à la ronde. Le Poniapin, plus retors que son sorcier de père qui extirpait de l'argent aux pauvres bougres tombés entre les mains de la déesse Kali[1], me certifia qu'avec une poule noire, quatre citrons galets, sept pièces sonnantes et douze billes neuves, il enverrait la bête dans la boue et le cavalier à l'hôpital. Ce Poniapin, surnommé « la Bouche-du-Vent », devenait sympathique dès qu'il freinait sa langue, une idée qui le séduisait trop rarement. Comme j'accordais peu de crédit à sa vantardise, il crut bon de renchérir qu'avec un bouc, ce serait tout droit le cimetière. Éclats de rire, bien sûr.

Mais le Poniapin, qui se figurait que nous riions du tour pendable à jouer au gros-blanc, nous rejoignit dans l'hilarité jusqu'au moment où il comprit que nous étions en train de nous moquer de lui. Pugnace, il tenta sa dernière chance avec une recette infaillible qui ne me coûterait pas plus de trente billes : repérer les traces du cheval, piquer trois clous de charpentier dedans, et le lendemain il n'y aurait plus qu'à

---

1. Déesse hindoue assoiffée de sang, dit-on, et divine vengeresse.

enterrer le canasson. Et le cavalier ? J'avais posé la question sur un ton évasif, l'œil sur le gaillard qui, au bout de la route, flageolant sur ses jambes, semblait sortir d'une nuit cyclone. Heureusement qu'il n'y avait pas de vent, si ce n'était celui de la colère. À l'arrivée de Saint-Pierre, nous sommes restés bouche bée, car il avait le côté droit du visage enflé et noirci au charbon – visage tuméfié du moringueur vaincu après le douzième round. Le remords m'étreignit la gorge. Non, je n'aurais pas dû le priver de son repos. Il n'était pas en état d'affronter l'ennemi, mais si je ne l'avais pas averti du complot, il m'en aurait voulu sous prétexte qu'il était prêt à sacrifier sa vie pour sauver la mienne. Comme à ce jour il n'avait pas eu l'occasion de me prouver son abnégation, nul ne pouvait l'accuser de fanfaronnade. Mieux, j'avais foi en sa loyauté. Son père était un prêtre, pourtant. Il officiait du côté de Saint-André, et il était aussi célèbre que l'Aiglefin, le curé de la paroisse, autant pour ses sermons que pour ses frasques. «Ah, quel diable de prêtre !», disait-on chaque fois que son nom entrait dans la conversation. Quinze ans plus tôt, pour contenter la sacristine qui, à défaut des portes du paradis, lui avait ouvert son corps de vierge dans le champ de canne (on ne dira jamais assez le rôle fondamental que ce bâton à sucre joue dans le destin de l'île), il avait offert ce nom à son bâtard ; quant au chemin qui reliait la sacristie au champ, le peuple l'avait baptisé « chemin-bordel », puisque fut faite la démonstration qu'il était pavé de perverses intentions. Personnellement j'entretenais de bonnes relations avec le bâtard de Dieu, pour la simple raison que nous subissions un même sort peu enviable : il n'avait jamais rencontré son père, moi ma mère, et souvent, quand nous y pensions, il y avait plus d'insolence dans nos regards que dans la bouche d'un ivrogne. Il y a des enfants qui rêvent ; d'autres ne font que des cauchemars. Ces cauchemars nous arrachaient des cris et des jurons parce que la certitude que la chienne de vie ne nous ferait pas de cadeau, était enracinée en nous depuis bien longtemps déjà.

– Qui t'a fait ça ? demandai-je à mon ami.

– Une grosse dent.

– Et le charbon ?

– Ça purifie. Regarde !

Et il ouvrit toute grande sa bouche.

La bouche de Saint-Pierre, c'était comme regarder dans un four. Noires les dents et les gencives, noire la langue, noir le crachat visqueux balancé à nos pieds, et quelle haleine ! Donc nous nous empressâmes d'approuver des arguments si convaincants et, soucieux de sa santé (plus précisément de la nôtre), nous lui conseillâmes de faire son travail de purification les lèvres closes. S'il avait persisté, nous aurions été contraints de nous pincer le nez, ce qui lui aurait fortement déplu. Or ce n'était pas le moment de se priver d'un tel allié, sûr et plein d'idées. À l'aide de mots choisis en raison de leur dureté, je le fis entrer tout de suite dans le vif du sujet, avec la participation des perroquets qui agrémentaient mon récit de gestes et d'onomatopées sauvages, si bien qu'une seule et même voix réclama justice. Magnifique ! On eût dit le tribunal du peuple durant le soulèvement des paysans en Chine, tel que me l'avait raconté mon grand-père un soir de nostalgie. C'était émouvant, certes, mais je devais admettre que nous tournions en rond depuis une demi-heure. Alors je résumai la situation en revenant à la question : comment se venger ? Saint-Pierre, entre ses dents endeuillées, me répondit qu'il n'y avait pas de problème, mais que des solutions. Je dois avouer que, à l'époque, cette façon de voir les choses m'avait ébloui, comme si la petite phrase m'avait projeté vers les rayons du soleil. Nous étions prêts à partir en croisade contre l'injustice humaine et, dans le feu de l'action, le visage de Saint-Pierre me parut noble – la noblesse de celui qui accepte l'épreuve –, et même si l'infecte haleine nous obligeait à détourner la tête, nul ne songeait à le gouailler. Il était du bois dont on fait ces amis qui oublient leur infortune pour soulager votre peine, et ses gestes, ses mots, tout en lui fleurait bon la camaraderie.

Je le vois encore qui ouvre la marche comme si ma vengeance était sa vengeance, ma hargne sa hargne, parce que le cheval du gros-blanc avait failli tuer sa mère, sa grand-mère, tous les siens, faisant de lui un orphelin. J'ai toujours le frisson lorsque j'évoque ces moments de bonheur. Saint-Pierre avance d'un pas déterminé, et nous le suivons en toute confiance. Il est le chef : nous lui obéissons. J'ai eu d'autres chefs dans la vie, l'armée, le milieu politique ou l'Éducation nationale, mais aucun ne lui est arrivé aux épaules, et pourtant ils avaient des galons de capitaine, des mandats de sénateur, des diplômes universitaires. À présent je sais que le véritable chef est celui qui épouse toute grande cause qui l'amène non pas à dominer les hommes, mais à mieux les comprendre pour mieux les servir, à défaut de les aimer. On n'en fait plus des Sarda Garriga, qui arracha plus de soixante mille esclaves des chaînes de l'esclavage, des Toussaint Louverture, qui rêva d'une république noire, des Gandhi, des Martin Luther King, des De Gaulle. Je dois m'y résoudre : on n'en fait plus des Saint-Pierre.

Chemin faisant, je m'étonnai tout de même de l'absence du Coco-Rasé. Saint-Pierre me répondit qu'il l'avait laissé sur son grabat, l'ayant prévenu que s'il abandonnait son poste, il lui jetterait un terrible sort. Un ricanement poussa la bande vers les champs de canne. Nous avions moins d'une heure, avant la fin du jour, pour exécuter le plan que Saint-Pierre nous avait soumis. Derrière nous, il me semblait que la fontaine n'avait plus la voix très claire lorsque l'eau s'écoulait dans le seau, et que les arbres recelaient des nids d'ombre. Plus loin, je fus à moitié surpris quand Poniapin se plaignit d'une douleur foudroyante qui l'aurait saisi à la jambe, puis à la poitrine, au cœur, à la tête, le privant ainsi, bien malgré lui, des honneurs d'une telle escapade. Fieffé menteur, mauvais acteur, il nous croyait dupes et crédules au point de verser des larmes sur son malheur. Quant au Rouquin, il simula l'urgence de satisfaire un besoin naturel et fila dans les cannes. Il n'en ressortit pas. Pour me consoler, je me dis que pas de témoins, pas de traîtres. Le plan de Saint-Pierre était d'une simplicité enfantine, et je m'en voulais de ne pas y avoir pensé avant lui, il consistait à nouer les touffes de chiendent fil de fer entre elles dans l'espoir que, le lendemain matin, la bête emmêlerait ses pattes dans les lacs et que le cavalier viderait les étriers. Le gobe – ce piège créole cousu de fil blanc –, n'avait-il pas déjà pris au dépourvu l'âne du vieux Sosthène ? « C'est vrai qu'il n'a plus bon pied bon œil », précisa Saint-Pierre. « Qui ? Le vieux Sosthène ? », demandai-je, pince-sans-rire, sachant parfaitement que l'âne n'avait rien à envier à son maître.

À croupetons au milieu du chemin, le geste adroit, nous avions commencé à lier les herbes quand nos yeux butèrent contre des pieds nus et noirs qui avaient couru l'île tout entière, des pieds dont les cicatrices aggravaient la laideur et la méchanceté, des pieds d'ogre, et personne n'aurait pu se tromper, ils appartenaient au gardien de la propriété. Nous avions fait comme si de rien n'était, mais la touffe de chiendent tremblait dans nos mains.

Le gardien malgache était détesté, car il battait les siens à tout propos, pour un rire, pour un cri, parce que sa main lui démangeait. On racontait que la Malgachine, l'aînée de ses neuf enfants, avait été si souvent nourrie de coups qu'elle s'était enfuie au fond des bois. L'étranger qui la croisait dans le sentier devait se taire de peur que, la retrouvant, le père ne la maltraitât de plus belle, jusqu'à la tuer peut-être. Mois après mois, le silence des uns et des autres l'avait habillée de légende. Était-elle toujours vivante ? Oui, s'empressait-on de répondre. Par clair de lune, on la voyait même danser dans la clairière, puis s'enfuir à travers champs sur le dos d'un vieux bouc. Si aux abords des cases, des racines de manioc et du linge disparaissaient, c'est qu'elle était venue rôder dans le voisinage ; si le nouveau-né pleurnichait sur le sein, la mère lorgnait autour d'elle et maudissait la Malgachine qui avait sucé le lait avec ses yeux ; si à l'heure du crépuscule, l'œil de l'aïeul s'allumait, c'est que, dissimulée dans l'ombre, elle avait relevé sa robe pour lui montrer son oursine. Alors il était temps de commander quatre planches neuves pour le cercueil, de blanchir les draps, d'acheter des bougies, du rhum, des jeux de cartes et des cigarettes. Une fois qu'elle avait annoncé la fin du voyage, la sauvageonne enfourchait son bouc à barbe, elle remontait le lit de la rivière vers le pays des sept lacs, très loin, à l'abri de tout regard, comme si elle voulait mourir de chagrin.

— C'est quoi ça ? claqua la voix du gardien.

À mi-mots, je fis comprendre à Saint-Pierre que c'était le moment ou jamais de sortir une clé de sa poche. Il a immédiatement réagi, l'air innocent.

— C'est... du chiendent, du bon chiendent...

— Tu les amarres pourquoi ?

— C'est pour les perdrix ! Elles se prennent les ailes dans le nœud, elles se débattent et...

— C'est si gros que ça, la perdrix ?

— C'est même plus gros, beaucoup plus gros ! Joignant le geste à la parole, l'œil fixé sur la sagaie, Saint-Pierre dessina le corps d'un volatile qui avait plus un air de famille avec le dodo qu'avec le perdreau. Lorsque le gardien s'accroupit pour mieux apprécier notre science en matière de lacs, nous battîmes aussitôt en retraite. Nous eûmes droit à une bordée d'injures, mais pas au sifflement de la lame aiguisée. Nous courûmes sans nous retourner, la peur au ventre. Dans l'île, des milliers d'enfants courent. Ils courent depuis le temps où la milice, avec ses chiens, partait chasser les nègres marrons dans les montagnes, ils courent sous le soleil, en haut des remparts, au bord du ciel, ils courent... Dès que nous débarquâmes sur la grand-route, je tendis une poignée de main à Saint-Pierre et je filai récupérer mon seau à la fontaine. Je le remplis d'eau et je pris l'allée qui passait derrière la case de mes grands-parents. À hauteur du jacquier, j'entendis des voix étouffées comme si toutes les voisines s'étaient réunies chez nous pour une veillée mortuaire. Soudain j'eus très peur. Le cœur de Man Lalie avait-il rompu les amarres sous le coup de l'émotion ? Mon seau posé près du bac à eau, je me dirigeai à petits pas vers la varangue où, dans la lumière d'une lampe à pétrole, des femmes causaient en gardant le maintien des juges, le buste droit et le front sévère. Quand elles s'aperçurent de ma présence, elles dressèrent leur cou de dinde, silencieuses. Ma grand-mère était là, assise parmi elles, de la lumière sur son beau visage grave, dans ses yeux ; elle me regardait aussi, mais d'une manière différente, heureuse que je sois enfin revenu de la fontaine. Aucune autre femme n'a su être dans l'attente de moi comme ma grand-mère, soucieuse de ce qui pouvait m'arriver dans le chemin, la malchance, le mauvais sort, les aléas de la vie. Les autres femmes ont toujours eu peur pour elles-mêmes, pour leur santé, leur image, leur dignité, désireuses d'être aimées plus que tout au monde, indignées que je les abandonne à leurs soucis et à leur solitude. J'ai commis une deuxième erreur en leur demandant plus que ce qu'elles pouvaient me donner, et elles ne me l'ont pas pardonné. Ma grand-mère me regardait avec amour, un sourire aussi léger qu'un papillon sur les lèvres. Je n'ai jamais su ce qu'elle attendait d'autre de la vie que de me savoir près d'elle, de m'embrasser sur la joue, de me raconter des contes et légendes.

– Toi qui vas à l'école de France, me lança-t-elle alors, lis-nous un peu ça !

Lorsque grand-mère faisait accompagner le nom d'une personne ou d'une chose de l'expression « de France », elle laissait entendre qu'il ne pouvait exister nulle part une personne ou une chose aussi remarquable qui méritait autant un excès d'honneur. Dès lors c'était un défi que je devais relever dans la mesure où, privilégié parmi les privilégiés, je buvais à la source même de la connaissance. Aujourd'hui l'école de France a perdu de son prestige, et si on n'y prend garde, on ne parlera plus dans l'île que de l'école de la République, un mot froid, tranchant, qui ne fait naître dans les cœurs aucun rêve, aucun enchantement, aucune magie. Et pourtant, que savait-elle de la France, ma grand-mère ? Presque rien. Mais ce qu'elle en disait n'était pas non plus mythique, car mon oncle Albert s'étant engagé dans l'armée, on l'avait expédié sur le front en Indochine, et lorsqu'il revenait en permission à Paris, il envoyait une carte postale à mes grands-parents. Ce jour-là, le billet que j'avais entre les mains ne venait pas d'aussi loin ! Avant de le déplier, j'entrai dans le cercle de lumière et, debout près de ma grand-mère, la bouche sèche, je déchiffrai pour l'assistance le message qu'une plume sûre avait couché sur du papier quadrillé fin et lisse, les regrets du gros-blanc qui ne se remettait pas de l'incident du matin et il s'inquiétait de la santé de Mme Léon (comme toutes les femmes créoles, elle portait le prénom de l'époux, non le sien, Eulalie). Le post-scriptum précisait que c'était sa faute, et que si demain il pouvait l'aider d'une manière ou d'une autre, il le ferait volontiers.

Les femmes gloussaient, admiratives.

À cette époque, recevoir un billet que le riche propriétaire avait écrit de sa main, c'était comme si Dieu lui-même avait béni la case et ses habitants. Puis ce fut le silence. La lettre me brûlait les doigts ; le malaise faisait tourner les mots devant mes yeux ; la lumière me gênait. Honte à celui qui sema des pièges devant les sabots de la bête ! Quelle leçon ! Je me retirai discrètement, déconfit, penaud, doutant que ma grand-mère pût un jour me sauver de moi-même. Peu après, les visiteuses prirent congé, tirant un trait sur l'épisode du cheval : « Tout est bien qui finit bien ! » De la cuisine où, debout derrière le grillage, je peinais à avaler mon assiettée de riz, je les vis partir l'une derrière l'autre, rassurées sur la santé de leur voisine qui, en outre, possédait un sauf-conduit digne d'une reine. Cette reine priait Dieu de veiller sur moi, mais un ciel d'orage resta longtemps au-dessus de ma tête. L'absence de ma mère dont j'ignorais le visage, la tendresse, et durant des années son existence même, m'avait poussé à l'intérieur d'une sombre carapace. Je la haïssais, sans le savoir. J'aurais aimé parler à quelqu'un de la lave qui, vous consumant le cœur, s'épanouit et vous détruit à petit feu. Ce n'est que bien plus tard, trop tard sans doute, que j'ai su que si on ne peut triompher de la haine, on risque de l'aimer. J'ai aimé haïr. «*Hao wou*!» hurla grand-père un jour au milieu d'un cauchemar. Amour de la fiancée de ses quinze ans, haine de l'absence d'elle. Au collège, lorsque je devais remplir la fiche de rentrée, en face du mot «mère» j'écrivais «morte» à l'encre rouge indélébile. Je l'ai fait mourir tant de fois, ma mère, qu'il m'a fallu plus de trente ans pour la ressusciter d'entre les vivants et les morts.

Chapitre III

C'est la fille des Maout, Francine, qui plus tard, au détour d'une conversation, m'apprit que, en ce qui me concernait, la haine était venue un matin dans le ronflement d'un moteur de voiture. Sur le pare-brise il y eut un, deux, trois éclats de lumière avant que la Citroën noire ne s'arrête à la hauteur des filles de son âge qui jouaient à la marelle sur le bas-côté de la route, aux abords de la fontaine communale. Le chauffeur, un créole d'origine africaine, ôta son chapeau et interrogea : « Où habite Mme Léon ? – C'est là-bas... la case au toit rouge ! », répondit Francine du haut de ses dix ans avant de s'élancer dans l'allée de muguets. Et, pendant que mon grand-père chinois rêvassait dans son pliant de toile, grand-mère affronta seule les soucis du jour. Souvent ceux qui nagent dans la pauvreté redoutent l'inhabituel, et la meilleure façon pour eux de ne pas sentir les genoux trembler, fléchir, c'est de se précipiter au-devant des coups savamment préparés dans les coulisses de la vie. Grand-mère remonta l'allée pieds nus, le chapeau de paille à la main, et le matin était si gris, et si grave le visage du chauffeur de taxi qu'elle comprit que la nouvelle serait terrible. Il ouvrit la portière arrière ; elle se pencha sur le tas de linge posé sur la banquette et vit que c'était moi la terrible nouvelle. Elle me prit aussitôt dans ses bras. La course ayant été déjà payée, elle se contenta de remercier l'homme qui mit le moteur en marche, incommodé par l'odeur fétide collée au siège. Il démarra en gardant un œil dans le rétroviseur intérieur au cas où une voix désespérée hurlerait : « L'enfant va mourir, reprends-le ! » Mais ma grand-mère ne gaspillait pas son temps à gémir où à attendre une intervention divine sans remuer le petit doigt. Un cœur battait faiblement contre le sien, c'était ça le miracle.

Elle redescendit l'allée quatre à quatre.

Puis elle s'engouffra dans la case, posa l'enfant sur le lit, le déshabilla doucement de crainte qu'un faux mouvement ne fît s'envoler l'âme, tandis que Francine lui présentait une serviette et une cuvette en plastique remplie d'eau. Grand-mère lava la tête, le visage, les bras, les jambes, les fesses, comme si elle voulait effacer du corps chétif la marque de l'abandon. C'est ainsi que j'apparus à ses yeux noyés de larmes, une toxicose au creux du ventre, et si violente était la tempête que ma vie partait à vau-l'eau. Grand-père, qui avait fini par sortir de son rêve,

faisait le va-et-vient entre la chambre et la
véranda, désolé de voir que, au fil des heures, je
souillais linge après linge. Francine n'osait même
pas me prendre la main : j'étais ce bébé qui en
quelques secondes avait sans doute détruit à ses
yeux la représentation magnifiée de la poupée.
Par souci de vérité, je précise que de ce temps
incertain, de grand danger, il m'est resté des
relents de quelque chose, indéfinissable. Heureusement que les femmes qui m'ont embrassé
depuis n'ont rien su de mon histoire, peut-être
que je me trompe, mais je ne crois pas que l'une
d'entre elles m'ait caressé avec dégoût, et quand
elles liront ces lignes (si elles me lisent !), je ne
serai plus qu'un souvenir parmi tant d'autres. Et
de n'être qu'un vague souvenir, c'est reposant
parfois !

Évidemment, j'eus droit à un remède de
cheval : eau de riz, crème d'arrow-root et tisanes
contre la diarrhée ; contre l'infection ravageuse,
des tas de boîte de pénicilline, si bien que la seule
vue d'une seringue me donne des sueurs froides
dans le dos ; contre l'angoisse de l'abandon, la
tendresse infinie de ma grand-mère et la gaieté
de Francine chaque fois qu'elle me caressait du
regard, elle, l'amie inoubliable qui m'avait vu nu,
emmailloté dans ma laideur et ma puanteur, mais
si attendrissant, oui, si attendrissant, m'avait-elle
dit plus tard tandis que l'eau chantait « à la claire
fontaine » en tombant dans son seau.

Après la maladie, j'aurais dû retrouver le goût de vivre. Il n'en fut rien. Je me suis si peu retrouvé, si souvent perdu que certains soirs j'avais une folle envie de me fâcher avec Dieu. Mais à quoi cela aurait-il servi ? Ma grand-mère disait que seul compte le voyage, pas les épreuves. Pour ma mère, le voyage fut interminable. Un calvaire. À l'instant où j'écris ces quelques lignes, les souvenirs la font toujours pleurer. Au téléphone, sa voix est celle d'une enfant égarée parce que je lui en ai voulu de s'être séparée de moi de la sorte. On n'a jamais discuté ensemble du cœur qui s'ouvre à l'absence, ni du fait qu'on brise les ailes de l'enfant bien avant qu'il n'ait eu le temps d'apprendre à voler. Je ne sais toujours pas voler. Je le vois bien à la façon dont les oiseaux me regardent en battant des ailes. Je ne suis pas un des leurs, et ils n'ont aucune raison de chanter pour moi qui, tombé tôt dans la solitude, ne regrette rien, si ce n'est la croix qui sera toujours trop lourde pour un seul homme.

Je venais à peine d'avoir neuf ans lorsque ma grand-mère m'avoua que j'étais revenu de l'autre monde plus mort que vif, avant de souligner, dans un sourire, que le bon Dieu était avec nous. Cette phrase, elle la reprenait chaque fois qu'elle avait la certitude d'avoir gagné la partie contre les forces du mal qui règnent sur la terre, et chacune de ses victoires les condamnait aux flammes de l'enfer. Je crois que, sans le dire, elle utilisait Dieu comme

une arme redoutable pour écarter les maléfices
et terrasser les ennemis de l'ombre – le glaive de
Dieu au sens propre du terme. Elle ne faisait
appel à sa volonté que pour résoudre les problè-
mes matériels de la vie courante, pour le reste elle
s'en remettait à la volonté divine. C'était une
affaire d'humilité. Le glaive est efficace si vous
avez confiance, et cette confiance attire sur vous
une protection plus grande encore. C'était aussi
une affaire de foi. Ce qui m'avait frappé également dans l'attitude de ma grand-mère, c'est
qu'elle était soumise à son Chinois de mari qui
ne faisait aucun effort pour l'épauler à un
moment ou à un autre de la journée. Elle s'occu-
pait de tout : de la cour, du repas, du linge, du
bois mort pour le feu, du bazar (elle faisait
les commissions chaque samedi matin), des ani-
maux, poules, coqs, lapins, cochons d'Inde. Elle,
la créole métisse, solide comme un tamarinier, elle
l'avait certainement aimé ; lui, le Chinois replié
sur lui-même dans son pliant tel un prince
déchu, vêtu d'un simple tricot de peau et d'un
morès, ce pantalon de tissu léger qui lui servait
aussi de caleçon, avec, dans le regard, l'ineffa-
çable amour de ses quinze ans. J'avais deviné
que ma vie, sauvée *in extremis*, prolongeait celle
de ma grand-mère à l'heure où elle n'espérait plus
rien de Pa Léon qui rêvait de la Chine impériale,
plus jamais d'elle. Grâce à moi, et je le dis avec
fierté, elle avait rajeuni de vingt ans ; grâce à elle,

j'avais goûté à l'eau, au sel, au ciel, à toutes ces merveilles que le curé Aiglefin distribuait aux agneaux de Dieu les dimanches de baptême en l'église de Sainte-Marie. Pourtant à ma façon de courir, de haïr, de dormir entre deux cauchemars, elle savait que l'âme n'était pas chevillée au corps, et que mon talon d'Achille je l'avais au creux du ventre. Lorsqu'un bataillon de microbes déclenchaient une soudaine et violente attaque en ce point névralgique, je m'alitais une semaine ou deux, fiévreux. Il n'était pas question d'aller au collège. Alors je passais mon temps à lire et à relire les mêmes histoires dans les livres que j'avais sous la main ou à feuilleter les catalogues de France que mes tantes avaient laissés dans le tiroir du buffet, et j'admirais les femmes blanches, belles, grandes, richement vêtues ou peu vêtues, et je me livrais à de longues méditations sur un sein à peine découvert, une jambe fine, une petite culotte dont je devinais les contours plus que je ne la voyais sous une robe de nuit transparente. J'ai oublié le nom du poète français de renom qui a écrit que la méditation est un vice solitaire. Sans doute pensait-il alors à une forme de masturbation mentale ou intellectuelle. Je ne lui donnerai pas tort, mais j'ajouterai que ce vice, non seulement il ne fait de mal à personne, mais il donne des ailes à l'imaginaire. Ce fut à ce moment-là que je commençai à me rapprocher des jeunes filles, et depuis, la femme, quelle que soit son origine, la douceur de sa peau ou de ses lèvres, la couleur de ses yeux ou de ses rêves, je n'ai jamais cessé de la soumettre à une profonde réflexion et à de longues méditations métaphysiques. Sans compter les fantasmes d'adolescent, par-dessus tout la fantasmagorie du démon de la chair. Sans compter la symphonie fantastique des mots dans le creux de l'oreille. Sans compter... Bref, ce qui m'aide aujourd'hui à aimer mes cheveux grisonnants, à entretenir le feu du désir, c'est que je mourrai l'esprit hanté par un rêve de femme.

Le soir venu, la main de grand-mère sur mon front avait l'étrange pouvoir de dissiper mes noires obsessions. Femme à tout donner, tout pardonner, elle apaisait la détresse des uns et des autres. L'arbre la reconnaissait à son pas, Dieu à l'odeur de bonté qu'elle promenait dans les sentiers. Je l'ai dit, on s'engageait souvent à travers champs, forêts, pays de cocagne, abandonnant le Chinois à sa nostalgie du pays natal. Non que sa souffrance d'exilé nous fût indifférente, mais que pouvions-nous pour lui dont la destinée avait été nouée dès l'adolescence à celle d'une île avare en bienfaits ? Au début, dès que nous filions vers la rivière, je craignais de trouver à notre retour un mot du genre : « J'ai pris le bateau pour la Chine. Léon. » Mais par chance, Pa Léon ne savait ni lire ni écrire, à peine s'exprimait-il dans la langue du pays, avec un accent asiatique. Et ça remontait dans le temps, la canonnade de Mao Tsé-toung qui avait proclamé la République à Pékin l'année de ma naissance. Et puis au fil des années, prisonnier de l'île, il ne percevait plus le chant des vagues qui venaient de lointains rivages, et l'image de la fiancée s'estompait, s'effaçait dans la brume du souvenir, en réalité il errait dans un paysage gris, sans formes ni couleurs, de plus en plus seul dans son *Autel du Sol*. Que deviendrait-il loin de son Eulalie ? Je me mordillais les lèvres. La question ne valait-elle pas autant pour lui que pour moi ? Loin de ma grand-mère, je n'étais rien ; avec elle, je me sentais capable de conquérir le monde et de le déposer à ses pieds. Je ne l'ai pas fait, bien sûr ; grand-père non plus. Ce n'est pas ce qu'elle attendait de nous, se souciant du monde comme de sa dernière robe.

Aujourd'hui que je suis aussi seul que mon grand-père le fut dans ses rêves, je sais que j'aurais dû déposer des trésors d'amour et de tendresse aux pieds des femmes qui ont croisé ma route, toutes jeunes et belles, la peau dorée par le soleil, mais ça non plus je ne l'ai pas fait. Douce et sublime consolation : j'ai eu des enfants avec elles, « des filles de France », aurait dit ma grand-mère, ravie.

Chapitre IV

C'est la ville qui a donné son nom à la rivière. Un nom de légende, même si presque toutes les villes qui ceinturent l'île portent le nom de saints et de saintes, et ils possèdent tous des vertus d'humilité, de pardon, de charité, d'abnégation et de courage – dommage qu'on les ait si vite oubliés –, et c'est ma grand-mère qui me raconta cette légende qu'on peut lire aujourd'hui dans nos livres d'école. Il y a très longtemps, des dizaines de bateaux prenaient la mer pour accoster l'île après plusieurs mois de navigation, car c'étaient des bateaux à rames et à voiles. Les Français, après avoir assuré le peuplement de Madagascar, de Bourbon (ancien nom de la Réunion), de l'île Maurice, veillaient à étouffer tout mouvement de révolte sur terre et à purger la mer des boucaniers qui infestaient les côtes. Un jour, un bateau de la Compagnie des Indes prit en chasse des flibustiers qui, pour sauver leur peau et leur butin, tentèrent de se camoufler derrière des brumes épaisses. Mais dans leur précipitation, ils firent une fausse manœuvre, leur navire s'encastra entre deux récifs et ils virent la mort courir vers eux dans sa robe d'écume, de vent et de feu. Ils mirent un genou à terre et promirent à la Sainte Vierge que s'ils en réchappaient, ils bâtiraient une chapelle en son nom, en haut de la colline la plus proche. Peu avant l'aube, une grosse houle qui venait du ciel et de la mer balança le navire une fois ou deux, avant de le conduire rudement sur la côte est de l'île. Au petit matin, les forbans se retrouvèrent sur la grève, nus à moitié, éreintés mais vivants. Grâce à leur talent, les débris du bateau prirent peu à peu l'allure d'un sanctuaire qu'ils dédièrent à Marie, la Reine immaculée, qui depuis veille sur la nouvelle ville édifiée à l'embouchure de la rivière. J'ai su plus tard que grand-mère avait mis son grain de sel dans la fable en disant que la chapelle, détruite par un ouragan, avait été rebâtie, et qu'on la rebâtirait autant de fois qu'elle serait emportée, même si la Sainte Vierge avait trouvé depuis un temple plus digne d'elle : le cœur des hommes.

Cette histoire édifiante me revint en mémoire le jour où, bravant un ciel d'orage, nous répondîmes comme d'habitude à l'appel de la rivière, indifférents aux gros nuages debout sur la montagne. Plongé dans ma pensée, je ne cherchais pas à savoir ce qui allait se passer, ni ce qui se tramait au-dessus de nos têtes, mais j'étais tout de même surpris par l'étonnant calme, l'extraordinaire silence qui régnait sur les champs de canne. Je pouvais même regarder le soleil en face sans être aveuglé. Je m'imaginais marchant dans les pas de ma grand-mère, dans un lieu étrange, à la recherche de la vérité qui, tout à coup, s'exprimerait par une parole, un chant ou une présence inexpliquée. Ces terres nous appartenaient un petit peu aussi, du moment que nous les foulions avec bonheur, que nous les remplissions de nos jeux, de nos cris, de nos peines, de nos rêves. C'était à mes yeux un paysage vivant sous le soleil, le vent, la pluie, dans une diversité infinie de sons, de formes et de couleurs ; un paysage pour une vieille femme qui avait encore une kyrielle de leçons à apprendre à un gamin plutôt étourdi !

Avant la grande courbe, grand-mère marqua le pas, sur son visage ce sourire que j'adorais. Elle me fit signe de bien tendre l'oreille. « Quoi ? », demandai-je, intrigué. « Une caille ! », me répondit-elle. Et alors ? J'appris que lorsqu'on s'approchait de son nid, *frrttt*, elle s'envolait pour faire croire le faux pour le vrai. On la suivait des yeux, on courait après elle pour l'attraper, et du coup on ne s'intéressait pas à ses petits. Le tour était joué. Mais si on restait discrètement dans les parages durant dix à quinze minutes, on la voyait revenir à son point de départ dans un battement d'ailes rapide. Il n'y avait que ça qui comptait pour elle, rien d'autre que le pépiement dans le duvet. Un léger tremblement dans la voix, grand-mère ajouta que si la caille s'était fait prendre à son propre piège par l'œil avisé du chasseur, elle ne savait plus quoi faire face au nid vide, elle tournait en rond, et quelquefois le chagrin la tuait sur place.

— Elle est morte, ma mère ?

— Non...

— Elle n'a pas eu de chagrin, alors ?

Ma grand-mère m'expliqua qu'il était difficile parfois de revenir à son point de départ, soit parce qu'on avait perdu le chemin à cause d'une tempête au fond du cœur, soit parce que le chemin était semé d'épines, et que pour y retourner ça demandait une vie, du courage. Puis elle reprit le sentier, silencieuse. Cela signifiait qu'un enfant ne doit pas chercher à en savoir davantage, ni à en entendre plus que ce que l'adulte consent à lui dire. Quand on soulève une pierre, on ne sait jamais ce qu'il y a dessous. Bien ou mal ? Le pire, ça n'arrive pas que dans les rêves. Oh, ça je le savais ! Donc je ne manifestais aucun signe d'impatience, nous avions déjà abordé ce sujet certains soirs où elle venait me raconter des histoires. Là, elle avait mis le doigt sur la plaie. Grand-mère, je te préviens que la plaie est vive, qu'il me faudra la lécher comme un chien pendant longtemps pour la cicatriser plus vite. Oui, c'est le temps qui la refermera sur ce qui a été entre ma mère et moi. En attendant, tu me prépares à ma vie d'homme, mais que sera-t-elle ? Non, ne me le dis pas. Je ne veux pas soulever cette pierre, car si elle me retombe dessus, je n'aurai pas la force de la repousser pour continuer à marcher à tes côtés. C'est ça que j'aime, grand-mère. J'ai une larme au coin de l'œil parce que c'est plus fort que moi, j'envisage le pire qui arrive aussi dans la vie de tous les jours, qu'il fasse soleil ou pas. Je n'ai honte de rien ; j'ai peur de tout. J'ai peur de ce blanc dans ma vie, en réalité plus profond qu'un gouffre. Je ne sais avec quelle encre je dois remplir le blanc pour mieux évacuer le vertige ou combler l'abîme sous mes pas. J'étais avec toi au commencement, nous progressions dans la même direction, et nous fîmes quoi d'autre ?

Je me souviens de la rivière qui, en contrebas, serpentait derrière un rideau d'arbres tandis que d'horribles nuages, mariant le gris au jour, effaçaient le bleu du ciel. Une armée de géants descendaient vers la terre. Dans un silence époustouflant, le vol bas des oiseaux donnait le frisson, et j'avais remarqué leur plumage terne, leurs piailleries inquiètes, leur façon de s'engorger le jabot de tout ce qui leur tombait sous le bec. Au bout du layon, entouré d'herbes, de bambous et de raisins marrons, le bassin des Hirondelles nous attendait avec un manguier au beau milieu du lit de la rivière. À travers le feuillage des arbres, je suivais la frappe des éclairs sur l'ardoise du ciel sans me poser de

questions. Ce jour-là, il n'y avait pas de linge à
laver. Nous voulions nous promener, et maintenant pêcher l'écrevisse, la chevrette et la cheva-
kine (grosses et petites crevettes de rivière) à
l'aide d'une toile de jute attachée autour de la
taille. Les pieds dans l'eau, pliés en deux par
l'effort, nous fouillions sous les roches, les
racines, les feuilles mortes, les algues, rem-
plissant nos *mok* (anciennes boîtes de conserve)
de nos prises. J'avais l'eau à la bouche, car ma
grand-mère accommodait ces crustacés avec du
safran, des oignons, du piment, et voilà un mets
dont la saveur résidait dans le piquant de la
préparation. Soudain j'eus une de ces faims pour
de vrai ! Comme c'était la saison des vavangues
(un petit fruit rond à la peau brune, délicieux
quand il est bien mûr), je rendis la toile de jute à
ma grand-mère en lui disant que j'allais chercher
quelque chose à me mettre sous la dent. Elle
me répondit oui, mais pas de gourmandise. Je
n'avais pas envie d'avoir des maux d'estomac.
Ma promesse faite, je traversai la rivière, grimpai
sur la colline où, selon ce que j'avais appris par
ouï-dire, les mauvaises âmes blasphémaient le
nom de Dieu. D'où venaient-elles ? De la forêt
qui fut jadis le seul endroit où les Noirs marrons
pouvaient enterrer les esclaves abattus dans leur
fuite par les milices, sinon ils jetaient les cadavres
dans un précipice pour que les chiens sauvages
ne profanent pas les corps. Parfois l'une de ces

âmes, qu'un sorcier malveillant avait dérangée dans son repos, quittait le cimetière pour entrer dans le corps d'une jeune fille vierge. Donc elles ne pouvaient me faire aucun mal. Déjà, je m'enfonçai dans le sous-bois en grimpant la pente raide, l'estomac creux. Puis je m'attaquai à la barrière d'épines, corbeilles d'or et autres pestes végétales, derrière laquelle les fruits mûrissaient en silence. Oh, ce n'était pas les fruits du paradis, mais ventre affamé n'a ni oreilles ni de bons yeux ! Le renard, ne pouvant atteindre les raisins mûrs, dit qu'ils sont bons pour des goujats ; mais moi, j'avais des dizaines et des dizaines de vavangues à portée des lèvres, je me hissais sur la pointe des pieds et elles me tombaient dans la bouche et me livraient leur chair, leur goût acidulé, leur arôme euphorisant. Comme l'appétit vient en mangeant, je mangeai comme vingt renards gascons mourant de faim. De gourmandise en gourmandise, j'eus le ventre ballonné, et si lourd que je n'étais plus que ce ventre énorme qui avait englouti une saison de fruits ou presque. En me baissant pour soulager les branches basses de leurs trésors, je n'eus plus la force de me relever et je restai allongé sur le sol humide, heureux. L'arôme avait commencé à faire son effet aphrodisiaque. Je n'avais plus l'esprit très prompt. Était-ce l'arbre qui gargouillait ? Ou était-ce mon corps, comme si j'avais des grenouilles dans le ventre ?

Un rêve bizarre me prit en otage.

– Où est la rivière ? demandai-je à Francine qui me tenait par la main.

– Mais dans son lit ! fit-elle, surprise.

– Et le lit ?

– T'es si fatigué que ça ?

– Oh ! oui, je cours, je cours...

– Après qui ?

– Après ma mère, voyons !

– Pourquoi te fuit-elle ?

– Je ne sais pas.

– Pourquoi tu dis : « Je ne sais pas » ?

– Chaque fois que j'ai de la peine, il y a des nuages partout, mais qu'ils crèvent donc, je veux crier « maman ! » comme tous les enfants...

Puis je décidai de me taire.

Près de moi les ombres causaient dans un langage assez proche du gargouillis, et je ne comprenais pas ce qu'elles disaient entre elles. Je m'étais donné une belle indigestion de fruits, aussi avais-je la sensation que mon corps s'enflait jusqu'à prendre d'affreuses proportions. Les âmes errantes riaient. Je sursautais dès qu'une vavangue, se détachant de l'arbre, me transperçait. Comment sortir du cauchemar ? Je pensais que seule la rivière pourrait m'aider si elle quittait son lit, irriguait mes veines d'un sang neuf et me lavait des peurs de l'enfance. Qu'elle m'entraîne vers la mer, l'avenir ensoleillé des gosses de treize ans ! Pourvu que le courant ne soit pas violent, les bras tendus pour rester à la surface et maintenir la tête hors de l'eau, il s'en faut de peu dans ces cas-là pour boire la tasse, sombrer dans la déprime ou la folie. Malheur à celui qui ne sait pas nager, qui n'a pas appris à nager entre deux eaux, qui refuse de nager en eau trouble ou dans la misère. La vie est une eau trouble. À quoi va-t-elle ressembler, la mienne ? Je pose la question comme si quelqu'un savait. C'est idiot. Et là je comprends que le monde est un livre fermé à double tour, et que si je ne fais pas l'effort de l'ouvrir, puis de le lire, tout d'abord uniquement de mon point de vue avant d'essayer de me mettre à la place de l'autre, ne sachant jamais ce que l'autre attend de moi, je perdrai pied, car qui pourrait s'intéresser à mon histoire ? Qui m'écoute ? Qui partage mon désir de nager dans la joie et la bonne humeur ? Qui me parle ? Qui m'appelle par mon prénom ? C'était un fait : quelqu'un me parlait, criait à tue-tête : « François ! François !... » C'était une voix amie. Les cris de ma grand-mère me ramenèrent sur terre. Je redressai le buste, puis soulevai une jambe, deux, surtout ne pas mourir ici, je devais éloigner les ombres de ma mémoire, et que les mauvaises âmes retournent dans leur tombe pour qu'il n'y eût plus de dégoût au cœur, ni de fiel, ni de haine. Le vieil enfant s'était endormi ; le jeune enfant se réveillait. Je bondis dans le sentier, dévalant la pente à me rompre le cou. Ni mes pieds meurtris ni mes jambes lourdes ne freinaient mon élan, j'avançais parfois sur les genoux, mais j'avançais vers la voix que la pluie et la brume rendaient plus lointaine.

Dans la grisaille, les arbres tissaient leurs branches pour mieux résister aux intempéries, et les oiseaux avaient replié leurs ailes depuis longtemps. La rivière, gonflée d'orgueil, mordait déjà sur les berges, elle remplissait son lit avec une force calme, sans bruit, sournoise comme le serpent qui se déplace sur des feuilles mortes à la recherche d'une proie. Ma grand-mère se signa dès qu'elle me vit débouler de la colline. « N'aie pas peur ! » Le plus gênant, c'est que face aux noirs remous qui menaçaient à tout instant de couper les ponts entre nous, j'avais très peur. Deux pas en avant, un en arrière, j'affrontais le courant qui s'enroulait autour de mes jambes, m'agrippait aux chevilles, usait mes dernières forces tandis que sous mes pieds fuyait le sable, l'espoir de rallier grand-mère soumise à la violence de l'averse – et les balles du ciel trouaient la surface du bassin en faisant gicler des gouttes d'eau. Et le grondement du tonnerre, de plus en plus proche. Tout à coup le bruit d'une cavalcade sauvage, je tournai la tête vers les eaux furieuses qui, telle une horde de chevaux que le vent cravache, fonçaient sur nous en charriant des galets, du bois mort, de la boue. Je criai : « Grand-mère ! » Déjà, elle volait à mon secours. Enfin, voler n'est ici qu'une image. Sa robe l'empêchait d'avancer aussi vite qu'elle aurait aimé, malgré tout elle put atteindre le manguier qui se trouvait dans le courant. Là elle me prêta main forte, et nous nous retrouvâmes en haut du terre-plein, entre les racines de l'arbre.

Après avoir rempli le bassin des Hirondelles, les eaux reprirent leur course folle, et maintenant, entre la berge et nous, il y avait le galop fougueux de la rivière. Appuyés contre l'arbre pour ne pas glisser, nous regardions le vent se quereller avec les bambous ; nous regardions la rivière boueuse, le jour rétréci comme au lavage. Nous regardions sans voir, comme hors du paysage, car plus rien ne mérite d'être vu dans l'île une fois que la pluie a éteint le soleil. Que fait-on ? Rien. Il faut s'armer de patience. Surtout ne pas défier les vents contraires. Grand-mère priait. L'arbre priait aussi, de toutes ses branches. Alors je priai avec eux en m'adressant à la Sainte Vierge : « Je bâtirai une chapelle en ton nom si le déluge n'emporte pas ma grand-mère, ni ne déracine le manguier ! » Je mendiai un miracle : par exemple une bourrasque qui nous jetterait sur la rive, ou un éclair qui fendrait les eaux, ou un ange qui dévierait le cours de notre vie.

Rien. Même les anges se taisent, parfois.

Alors nous attendîmes, inquiets.

Plus tard, sitôt que le ciel eut ramassé ses nuages, Man Lalie me dit qu'on rentrerait bientôt. Je la fixai, interloqué. Ni elle ni moi n'avions des ailes pour voler au-dessus des flots.

Des ailes, non, mais une liane ferait notre affaire. Et aussi extraordinaire que cela pût paraître, le gardien de la propriété, qui taillait des croupières aux maraudeurs, dégringolait la pente. Ce jour-là, je l'avoue, il faisait bonne figure, ou alors c'était moi qui le voyais d'un œil amical, surtout quand, la sagaie à ses pieds, il nous lança une liane que grand-mère attacha au tronc de l'arbre. De son côté, il enroula l'autre bout autour d'un rocher. Et nous voilà dans la rivière de boue et d'écume, les mains serrées à la corde, et je m'affolai lorsque des vagues me sautaient au menton. Chaque fois que le courant durcissait, grand-mère et moi nous nous sentions plus proches l'un de l'autre. Il y avait une vie à sauver, la mienne, même si je ne savais pas ce que j'en ferai plus tard, ni ce que la vie ferait de moi. Et même aujourd'hui, je ne sais pas trop ce que la vie a voulu faire de moi, je suis un peu écrivain, un peu professeur, un peu provocateur, un peu amoureux, un peu passionné, un peu voyeur, un peu croyant, un peu menteur, un peu violent, un peu en accord avec moi-même, un peu en désaccord avec les autres. Des fois je suis un peu absent, intimidé, désespéré, avec une impression de déjà-vu, et quand je me regarde dans la glace (évitant de regarder du côté de l'égoïsme), je me reconnais un peu, ce qui explique que je m'aime juste ce qu'il faut pour continuer la route. Qui a fait que je suis devenu ce que je suis ? On ne sait rien de ces choses-là. Est-ce qu'à un moment donné j'ai eu envie de ressembler à l'homme que je suis ? Non. Est-ce que je rêve de ressembler à quelqu'un d'autre ? Trop tard. Le plus simple pour moi, c'est d'accepter celui que je suis devenu en essayant de me convaincre que le résultat aurait pu être pire. Voilà, je me montre optimiste, et je fais preuve d'une certaine souplesse d'esprit digne de l'image que les autres ont de moi. Coller le plus possible à l'image pour préserver mon jardin intérieur. Quoi ? C'est de l'hypocrisie ? Alors il faut revenir à ce fameux jour où je tremblais de froid et de peur au milieu du torrent. J'avais commencé à trembler dès l'instant où j'eus la conviction que si l'eau m'engloutissait, grand-mère lâcherait prise pour me suivre dans la noyade. Mais la traversée se passa bien, et sur la berge prit fin le temps de l'enfance.

Le gardien, s'adressant à ma grand-mère, voulut savoir la raison qui m'avait poussé à traverser la rivière alors que le temps était à l'orage. Le geste doux, elle essuya l'eau de mon front, puis répondit :

— Il est parti vavanguer ![1]

— Par un temps pareil ? C'est pas mieux que de poser des lacs pour les perdrix. Mais on me connaît : les lacs, *fiac, fiac,* je les coupe en deux.

---

1. Cueillir les fruits du vavanguier ; errer ici et là, partir à l'aventure.

Je frémis lorsqu'il se saisit de sa sagaie, et j'eus une pensée pour la Malgachine qui se terrait dans le bois. Au fond, il me fallait prendre un peu de recul pour mieux cerner les intentions de cet homme bâti en athlète, le regard sévère, la bouche qui ne riait jamais, je le sentais arrogant, méprisant, mais ne jouait-il pas un personnage ? Il avait trouvé un habit d'épouvantail taillé sur mesure : faire peur, maltraiter les siens, et puis il s'était si bien pénétré de l'esprit de son rôle, peu enviable, qu'il ne parvenait plus à distinguer l'homme de l'épouvantail. Si on regarde autour de soi, ce genre de mésaventure est plus fréquent qu'on ne le croit, et le gardien avait compris qu'on ne craint jamais autant celui qui est capable de nuire à ceux qui portent son nom, sans ciller, sans avoir ni regrets ni remords. Il avait repris le layon, la liane enroulée autour de son épaule, et nous le suivions absorbés dans nos pensées. Quelquefois je levai les yeux pour voir le ciel s'inventer un monde bleu à travers la brume qui coiffait les arbres ; sous les couverts, bien que timide encore, montait le chant d'un merle ; après vingt minutes de marche environ, je reçus une banderille en plein cœur quand, regardant par-dessus l'épaule de ma grand-mère, je vis que le gardien avait disparu. Cette faculté d'apparaître et de disparaître comme par enchantement apportait beaucoup à l'aura de mystère qui flottait autour de lui. Je crois qu'il s'appliquait, dans les

champs ou derrière l'arbre, à survenir à l'improviste pour mieux terroriser son monde et laisser
croire qu'il avait le don d'être partout à la fois,
de sorte que le hameau s'imaginait que le gros-
blanc n'avait pas employé un, mais dix gardiens
malgaches.

Bien sûr, grand-père ne sut rien de notre aventure. Il y avait comme une muraille entre nous
depuis que ses rêves ne s'ouvraient plus guère sur
le présent. Nous entendions ses cris, il ignorait
nos silences. Dans la mer de la mémoire, la perte
d'une fiancée est plus dévastatrice qu'un orage.
Après le dîner, je me couchai et m'enfonçai dans
un songe où l'eau se mariait au feu, le feu au
vent, et la colline aux vavangues me livra la clé
de l'énigme : je polluai le lit, la nuit, la lune, les
étoiles. C'était ça devenir un homme, autre chose
aussi que j'allais découvrir en cueillant les fruits
que les filles cachent sous leur corsage.

Chapitre V

Peu de temps après, le hasard, qui fait bien les choses quelquefois, me fit rencontrer une fille pour qui j'étais prêt à défier le cheval du gros-blanc, à franchir les rivières, à braver les sagaies, à narguer les mauvaises âmes, et même à m'éloigner de ma grand-mère, bref, j'étais prêt à mourir pour les yeux de Joana. Avant que ne me vînt un tel esprit de sacrifice, je dois dire que j'avais accordé peu d'attention aux charroyeuses d'eau dont la voix avait surtout l'art de m'exaspérer lorsque, le seau dans une main, un palet ou la corde à sauter dans l'autre, elles s'agglutinaient devant la fontaine. Elles piaillaient chaque fois que, pour les taquiner gentiment, je m'amusais à voler leur tour de remplissage, et pendant ce temps Saint-Pierre leur volait des baisers sur la joue, dans le cou. Les épiant du coin de l'œil, je voyais que les unes, les bras croisés, jouaient à l'effarouchée ; les autres, une flamme dans le regard, songeaient sans doute à devenir femme, et elles en redemandaient en tournant autour de mon ami qui ne se faisait pas prier pour serrer dans ses bras la plus mignonne, ou celle qui, depuis qu'elle était passée en classe de troisième, refusait de s'exprimer en créole dont les mots, absents du *Larousse*, écorchaient sa bouche avide de la langue française.

Un jour, Joana se glissa dans ma vie comme si on ne devait plus se quitter. C'était mon jour de chance, car elle était la dernière à remplir son seau à la fontaine communale. Puis elle essaya de le mettre sur sa tête, mais ses efforts n'aboutissaient pas. Trop d'eau dans son récipient ; trop d'élans dans mon cœur. Tout en jouant aux billes sous le manguier, je l'observai un moment avant d'interpréter ainsi sa maladresse : elle avait besoin de moi ! Les gosses s'aiment d'instinct. J'avais ce frisson, qui est toujours mystère. Et sans explication, je sortis du jeu de la bande pour entrer dans le jeu de Joana, plus dangereux peut-être, mais nouveau pour moi. Saint-Pierre, stupéfait de me voir renoncer à une partie au cours de laquelle j'avais neuf chances sur dix de l'emporter haut la main, me demanda quelle mouche m'avait piqué. « C'est à toi de jouer ! » Je lui répondis que je passais mon tour. Il me fit remarquer que je perdrais tout. Une mise en garde qui me laissa indifférent. Mais qu'il les prenne mes billes, peu m'en chaut. Il porta l'index à sa tempe, et nul doute qu'il démontrerait aux autres qu'il était le plus fin

des joueurs, surtout quand je lui laissais le champ
libre. Dès lors que je ne serais plus une menace
pour eux, je les connaissais bien, ils s'entendraient
comme larrons en foire pour me dépouiller. Je
traversai la route. J'obéissais à la petite voix qui
m'incitait à rejoindre Joana pour l'aider, par-
dessus tout l'aimer – ce mot, dont j'ignorais le
sens (faut-il avouer que je l'ignore toujours?),
m'avait touché le cœur, et je prenais le risque de
me jeter à l'eau sans bouée de sauvetage.

Tout débuta ainsi, avec, saisie au vol, la
pensée que ma grand-mère, à l'âge de ses qua-
torze ans, devait être le sosie de Joana, ce qui
expliquait cette attirance. C'était l'occasion ines-
pérée de me rapprocher de l'une sans m'éloigner
de l'autre, de les adorer toutes deux sans trahir
ni l'une ni l'autre. Quand le hasard décide de
bien faire les choses, il agrémente l'histoire de
détails pertinents. J'avais sous les yeux quelque
chose d'indicible, de nouveau, la robe de Joana
flottait dans la brise, j'avais un drapeau, je
marchais vers une fille : « Je t'aide ? – Si tu
veux », murmura-t-elle. En réalité, je n'avais plus
le choix. Je crois que, bien avant que je décide
de bondir vers elle, elle avait déjà pris l'initiative
du jeu amoureux. Elle voulait, mais sans vouloir
afficher sa pensée, pour me faire comprendre
que nul autre itinéraire ne m'était destiné. J'eus
cette intuition : auprès d'elle, je trouverais la part
d'ombre et de lumière échue à celui qui, comme

dans le jeu de l'oie, se hasarde sur des parcours inconnus. Une fois les dés lancés, j'aurais à payer le prix fort si j'atterrissais en prison. « D'accord ! » me dis-je. À partir de ce moment-là, je refusai de tergiverser davantage. Tout s'accéléra. Je me retrouvai si près de Joana que je découvris qu'elle avait non pas un parfum (seules les femmes d'un certain âge se parfumaient au Pompéia pour se rendre à la messe), mais un mélange d'odeurs : l'odeur du miel mélangée à l'odeur verte de l'herbe et à l'odeur fraîche de la cascade. L'odeur de sa peau, de sa vertu – une discrète odeur d'origine humaine qui toujours me grise. Je n'ai jamais cherché à retrouver l'odeur entêtante de Joana sur le corps d'une autre femme, comme un parfum de nostalgie, mais à m'enivrer de toutes celles qui s'offraient à moi pour la première fois. En aidant Joana à hisser le seau sur sa tête, l'eau se renversa sur ses épaules et, sous le frais corsage, deux petits seins m'invitèrent à me rendre à la case de départ. Plus que troublé, je lui demandai si elle avait froid, c'était de ma faute. Elle me répondit non. Les mains accrochées au récipient en équilibre sur sa tête, elle prit le chemin, mais je l'aurais juré, il me semblait marcher à ses côtés. Songeur, je rejoignis la bande au pied du manguier. À ma grande surprise, Saint-Pierre me rendit ma bille préférée, la Jeanne, qui portait fièrement le bleu-blanc-rouge du coq gaulois.

– Qu'est-ce que tu lui trouves à ma sœur ? questionna le Rouquin. C'est une guêpe !

– Il n'y a pas de quoi planer, cracha Saint-Pierre.

Quelle ignorance !

Je gardai le silence. Je refusai de lui répondre qu'il y avait à planer chaque fois qu'on éprouve la sensation que tout va comme sur des roulettes, et ce jour-là la terre tournait plus vite autour du soleil, moi autour de Joana, le plus beau manège du monde.

Durant les semaines qui suivirent, jamais je ne bus autant l'eau de la fontaine, quelquefois de la bouche même de Joana, quel délice ! Le temps passait sans nous. Plus rien n'existait hors de nous. Mes amis crièrent à la sorcellerie, à l'envoûtement, à... Les voilà prêts à m'envoyer chez l'exorciste du diocèse ou entre les mains de Bamako, sorcier renommé qui avait du métier et plus d'un tour dans son sac pour chasser les mauvais esprits du voisinage. Combien de baisers volés par goût du jeu de l'interdit ? de billes envolées par pure étourderie ? de menteries à ma grand-mère ? Quand elle me priait de l'accompagner dans les sentiers selon nos bonnes habitudes, soudain je sentais rappliquer de violents maux d'estomac. Elle n'avait pas perçu que j'étais passé aux choses sérieuses, qui concernaient les gosses de mon âge. Ou alors elle fit semblant de ne s'apercevoir de rien pour que je ne fusse pas dans une position moralement délicate, ayant vu que j'étais prêt à lui inventer de drôles de kaloubadias, des mensonges sans queue ni tête, pourvu qu'elle me laissât le temps de reprendre des couleurs auprès de Joana.

Au tout début, j'aimais Joana pour Joana. Elle parlait, je buvais sa parole ; elle se taisait, je buvais sa bouche. Pas une seconde je ne cessai de croire que j'étais aimé d'elle, que je l'aimais. Mais je n'aurais pu dire ce qu'elle attendait de moi, et pour la séduire, la surprendre, l'apprivoiser, je m'étais isolé de la bande. L'été ne me vit pas beaucoup au milieu des champs. Dès que grand-mère avait emprunté le layon, j'imitais le cheval du gros-blanc, le cœur lancé au galop vers celle qui, seau après seau, avait pris possession de moi ; celle qui m'avait persuadé de l'existence d'un monde meilleur si on ne cherchait pas à compter les grains de sable de la rivière. Aucun danger ! Car auprès d'elle, je n'avais plus la mémoire des chiffres, et dans un de ces baisers que les poètes font entrer dans la famille des langoureux, je perdais toute assurance. En revanche, Joana maîtrisait la situation. De temps en temps, elle avait un grand air et discutait comme dans un livre d'école : « *La courbe de tes yeux fait le tour de mon cœur...* » Elle m'hypnotisait avec ses phrases bien rythmées !

— Je ne sais pas pourquoi je suis avec toi, ni ce qui sera entre nous. Ce que je sais, c'est que ton besoin d'être aimé est si grand que toute ta vie t'auras cette faim au creux du ventre. On lira cette faim dans tes yeux, tes gestes, tes mots de tous les jours. C'est pour que je t'apprenne cette vérité que tu m'as approchée. Tu me plais parce que tu ne sais pas ce que je veux partager avec toi. Tu me laisseras faire sans rien dire. *Chuttt!* (elle mettait alors l'index sur mes lèvres, un geste affectueux qui lui donnait de l'autorité sur moi), tu ne diras rien, n'est-ce pas ?

Quand son regard étincelait, je ne doutais plus de ses pouvoirs. Je l'admirais plus que je ne l'écoutais. Au fond, ce qui l'intéressait c'était de parler, de m'annoncer que la femme serait la grande faim de ma vie, qu'on lit encore dans mes yeux. Les femmes que j'ai connues m'ont aimé plus que je ne les ai aimées, et l'une d'elles ne m'a toujours pas pardonné, alors qu'elle savait que je n'avais pas d'autres faims que celle-là. Je dois faire un aveu : je comprenais Joana quand, les yeux fermés, la poitrine en avant, elle tendait vers ma main deux fruits durs, puis doux à mesure qu'elle s'abandonnait à la caresse. Rares moments de bonheur où je sentais qu'elle avait confiance en moi. Car Joana mettait un point d'honneur à maîtriser autant la langue française que le frisson qui parcourait son corps. Elle était la plus étrange des filles du village, d'un abord gracieux, le visage mignon (seul le Rouquin, son plus jeune frère d'un an, avait hérité des taches de rousseur),

avec sur les lèvres ce goût de vavangue demi-
mûre, dans ses yeux noirs la promesse de plaire
et dans ses mots la science de parler au cœur.
Un jour, alors que nous étions assis derrière les
bambous, elle me prit dans ses bras et me
demanda de l'embrasser, de l'enlacer, de lui
donner le friselis sur la peau sans crainte de lui
déplaire. Je n'en revenais pas. Elle voulait tout en
même temps : le baiser, l'étreinte, la caresse, si
bien que je dus m'inventer dix bras, dix mains,
dix bouches pour satisfaire sa faim. Ses mains me
brûlaient ; sa bouche me brûlait. Subitement je
sentis une gêne dans mes culottes courtes
comme si un incendie s'était propagé au creux
de mon ventre et les flammes jouaient avec mes
nerfs. Un jeu doux et douloureux à la fois, que je
n'ai jamais cessé d'aimer.

Je me revois dans les bras de Joana, impatient
de pousser le jeu jusqu'à la lisière de l'interdit,
mais je craignais plus de déplaire que de plaire.
«Pas de geste déplacé», me disais-je. Joana se
serra contre moi, les yeux fermés, la bouche
ouverte, puis elle prit ma main et la conduisit
sous sa robe. C'est ainsi que, pour la première
fois, je visitai ses secrètes allées. Un mariage
sublime entre l'eau et le feu. Un compromis
parfait entre le tendre et le velouté, à mi-chemin
entre le nid et l'abîme. Des rives humides comme
s'il avait beaucoup plu en elle après l'orage.
Paysage à effleurement, à frôlement d'ailes avec

le toucher de la porcelaine enduite de sève. Et mille rêves autour. J'étais là à rêver quand j'entendis la voix de Joana : « Ça te fait penser à quoi ? » Mon Dieu, quelle question ! Comment lui dire que, dans les jeux interdits aux enfants de notre âge, je ne parvenais plus à réfléchir, ni à me raisonner, et qu'après avoir lu son journal de bord, si intime, piaffait en moi le désir de plonger en elle pour le plus beau des naufrages. Le dos appuyé contre les bambous qui commençaient à grincer, elle insista : « Je t'écoute ! » Face à mon silence embarrassé, elle saisit ma main. La limpidité du chantage ne m'échappa pas : pas de réponse, plus de caresse. Finalement, je répondis que ça me faisait penser à une rivière.

– Une rivière ?

– C'est magique, une rivière ! Sans compter tous les rêves qui vont avec...

Joana explosa :

– Là, tu exagères ! Franchement, tu n'es pas poète pour un sou, et même esprit terre à terre. Mais qu'est-ce que tu apprends au collège ? Qu'est-ce que tu lis ? Je ne sais pas moi... tu aurais pu me dire que ça te fait penser au corps d'une sirène, à une douce caravelle ou encore à une belle fièvre[1]. Tu avais le choix ! Mais non, plutôt que de planer, tu colles à la terre. C'est frustrant à la fin !

---

1. Des métaphores volées à Supervielle, Michaux, Rimbaud.

Elle éloigna ma main de ses dessous. Puis de ses seins. Elle n'était plus à prendre qu'avec des pincettes, le visage fermé. Elle s'était repliée sur elle-même comme la feuille de sensitive qu'on agresse. D'un caractère plutôt conciliant, je me rapprochai d'elle et, le bras autour de son épaule, je lui racontai cette histoire apprise par cœur dans un livre de contes et légendes de l'océan Indien : dans les temps les plus reculés, la rivière était le berceau des djinns – esprits bienfaisants et malfaisants selon le cas. Un jour donc, à la mort de son mari, une pauvre femme hérita de la case, des gosses et du champ d'ignames. Un matin, avant de partir chercher du bois mort dans la forêt, elle recommanda à ses enfants de ne rien manger jusqu'à son retour. Ils firent oui de la tête. Mais lorsque la faim fut venue, le fils aîné dit à ses frères d'arracher l'igname, de la nettoyer, de l'éplucher et de la couper en menus morceaux ; pendant ce temps, lui, il préparerait la marmite, l'eau et le feu. Chacun fit ce qu'il avait à faire, et bientôt des flammes léchèrent les flancs de la marmite, et l'eau se mit à bouillir sous le couvercle. Plus tard, pendant que les enfants dévoraient l'igname, la peur les dévorait autant. Le mal était fait, impossible de revenir en arrière. De retour, la mère questionna avec colère : qui a déterré l'igname ? Les petits dénoncèrent le coupable, celui qui avait donné les ordres. Frappé de coups, l'aîné tomba par terre avec ses larmes.

Alors il se mit à pleuvoir à flots, et l'eau emporta le corps mutilé vers une rivière peuplée d'enfants battus, tous de même taille et de même visage. La grand-mère des djinns ramena l'aîné à la vie et, djinn parmi les djinns, il mangea à sa faim... Ici, je rompis le fil du conte. Contre le cœur de Joana, le mien cognait à me faire mal. J'avais mal partout, si mal que mon trouble intérieur devait se lire sur mon visage malgré l'ombre projetée des bambous. Le remède, c'était d'accoster le corps de Joana alors que je n'avais même pas idée de ce qu'il fallait faire pour... faire l'amour. Il n'y avait rien de cela dans les catalogues de France. Sous le fouet de l'impatience plus que par distraction, je quémandai :

— Tu m'ouvres ta rivière ?

— Pourquoi donc, répliqua-t-elle en sortant l'aiguillon, tu veux être djinn, toi aussi ?

Je ne suis pas devenu djinn, mais poète. La preuve, c'est ce gazon qui me pique le dos alors que le soleil décline. Soudain les oiseaux se mettent à battre des ailes, et durant quelques secondes j'ai cru qu'ils chanteraient tous, si heureux de me voir redresser l'échine, enfin. Pas du tout. J'ai même l'impression que chaque battement d'ailes fait tomber la nuit plus vite. Un moment, j'hésite : soit leur lancer de gros mots puisés dans la langue créole qui, comme toute langue, possède un répertoire d'invectives complet ; soit leur adresser une prière pour qu'ils

cessent de se donner de violents coups de bec.
C'est mauvais signe ! Mais incapable de remuer les
lèvres, j'ai tenté de retrouver le fil de ma pensée
qui me ramène aussitôt vers le passé, plus précisément vers Joana que je ne revis pas le lendemain
aux abords de la fontaine communale. Le
Rouquin, qui assurait la corvée d'eau matin et
soir, gardait le secret sur l'éclipse inattendue de
sa sœur. J'en profitais pour vivre d'interminables
parties de billes avec la bande, mais à mesure que
j'amassais un butin, le goût du jeu s'envolait. Car
des poches pleines n'adoucissent pas les peines du
cœur. Au pied du manguier, je ne rêvais plus de
défis ni de victoires ; je ne rêvais plus de grand-
mère ni de refaire l'histoire, mais de Joana.
Furieux, Saint-Pierre braillait sa hargne : « Alors,
tu joues ou non ? » Je repris ainsi ma place dans le
rond et, en une heure, la Jeanne, étincelante dans
un rayon de lumière, royale comme à son habitude, balaya le terrain de compétition, et la poussière qui striait ses belles couleurs prouvait de
reste qu'elle avait œuvré à mon triomphe. Saint-
Pierre, se repentant déjà de me l'avoir rendue,
libéra son zazou de ses culottes courtes et arrosa
le trou de son dépit, il montrait ainsi de manière
peu distinguée qu'il n'admettait pas ma supréma-
tie au jeu, ni ne respectait les limites de mon
territoire en dépit de sa cuisante défaite. Entre
ses dents qui tardaient à retrouver toute leur blan-
cheur (le charbon permet sans doute de lutter

contre l'infection, mais n'est pas sans inconvé-
nient), il grommela des injures et, fixant le trou,
prétendit que j'avais une sacrée chance de cocu !

– Qu'est-ce que t'as dit ? lançai-je.

– Mais rien...

– Si, j'ai entendu !

– Ça m'étonnerait ! Depuis quelque temps,
t'entends plus rien, voilà ce que je dis.

– Hé, je ne suis pas l'âne du vieux Sosthène ! Si
t'es pas un z'œuf mol, tu...

– J'ai l'air d'un z'œuf mol, moi ?

– Plus que ça...

– Tu veux moringuer ?

Allais-je me battre ? Il est des jours où la terre,
sans trop savoir pourquoi, n'est plus ronde.
L'effet de serre se renforce dans la touffeur de
l'été, on a du mal à respirer, et qu'on soit étendu
sur l'herbe ou debout contre l'arbre, on attend un
signe du ciel, et de l'oiseau un chant qui ne brise
pas le silence. Tout ce qu'on peut faire, c'est
attendre que les oiseaux de mauvais augure ne se
volent plus dans les plumes, irascibles. En quelques minutes, on vieillit de plusieurs années.
Quand on est un gosse, ce n'est pas bien grave.
Mais à présent que j'ai atteint la cinquantaine, j'ai
la sensation de vieillir plus vite, comme si dans la
brusque accélération du temps les molécules de
mon corps étaient privées d'oxygène, de l'espoir
de recommencer une vie nouvelle. Je m'efforce
de recomposer un visage perdu, de réinventer

l'odeur d'un corps, de réentendre une voix pleine de promesses. Je ne me le dis pas, mais ça revient en quelque sorte à s'accorder une dernière chance pour que tout ne finisse pas dans la douleur, la solitude, la dérive des sentiments. J'ai envie de crier, à la façon des buveurs de rhum, le coude sur le comptoir : « Qu'on me remette ça ! » Je veux retrouver le goût d'hier puisque je ne sais plus rien du présent ni de l'avenir. Puisque je ne sais plus ce qui a survécu, ni si je survivrai à ce qui n'est plus. J'ai toujours vécu la séparation comme une amputation du cœur. Hier comme aujourd'hui, je voulais tuer parce que j'étais en colère contre moi-même. Je fonçai sur Saint-Pierre. L'ayant pris à bras le corps, je commençai à lui cogner dessus. Et je cognais dur, comme quelqu'un qui souffre. Plus grand et plus musclé que moi, il aurait pu se venger d'un seul coup de poing qui m'aurait envoyé au tapis pour le compte. Au vrai, ma rage de mordre accréditait sa thèse selon laquelle Joana m'avait piégé, ensorcelé comme un débutant, elle me possédait qu'elle fût présente ou pas, car même à distance elle avait sur moi un pouvoir de vie ou de mort. C'en était trop ! Je décidai d'être celui qui rabattrait le caquet de Saint-Pierre. Je lui expédiai à la figure : « Mais qu'est-ce que t'en sais ? Tu vas bientôt quitter le collège, et tu n'es jamais sorti avec une fille. Tu joues aux billes, avec les filles, tu triches, mais tu n'aimes pas. Et puis je ne connais personne qui pourrait t'aimer. Non, mais tu t'es vu ?...» Saint-Pierre ne répondit pas à une provocation si grossière, et il resta sourd également aux vociférations des gamins qui avaient fait cercle autour de notre querelle. Il m'épiait toujours tandis que le Coco-Rasé, de façon éhontée, pariait sur nous ses dernières billes, les unes éraflées, les autres décolorées. Je provoquai de nouveau l'adversaire, mais comme il ne rendait pas coup pour coup, en équilibre sur ses jambes et bien ancré dans son analyse de ma position, ma rogne se dissipa. Je baissai ma garde. Alors seulement Saint-Pierre me demanda si je voulais la revoir.

– T'as la clé ?

Du menton, il désigna le frère de Joana qui nous dévisageait, les yeux durs. Comme je ne savais plus trop quelle attitude adopter, je fis un sourire au Rouquin : je venais de réaliser qu'il était du même sang que Joana, je lui trouvais un air de famille en dépit de ses taches de coq d'Inde sur le visage. Il n'était pas idiot au point de ne pas s'apercevoir que je souffrais de l'absence de sa sœur, pourtant il m'avait prévenu : c'est une guêpe ! Pendant qu'on s'observait, la bande se taisait ; Saint-Pierre, à l'aide de son canif de scout, creusait un nouveau trou pour que chacun puisse prendre sa revanche. Je crois qu'il avait une excellente idée derrière la tête. Nous mettrions tout en œuvre pour que le

Rouquin n'ait plus une seule bille en poche, c'est-à-dire l'amener à pleurnicher, à quémander, à ramper à mes pieds, bref, à exécuter mes ordres en devenant le plus fidèle des alliés. Il était mon seul recours. Je dus faire un effort pour rendre mon sourire amical. Le jeu démarra, et à peine le Rouquin eut-il le temps de réaliser la situation qu'il avait déjà perdu la dernière de ses billes. La mine contrite, il jugea plus sage de s'atteler à sa corvée d'eau. Je le laissai un bref moment avec sa peine. Appartenant à la gent trotte-menu – la gent des rampants –, il attirait la corde plus que la générosité, mais votre propre malheur vous oblige parfois à compatir à la douleur de votre prochain. Et mon prochain, c'était le frère de Joana que je rejoignis aux abords de la fontaine, sachant pertinemment qu'il n'est tâche plus facile que de faire boire un âne qui a soif.

– T'as plus de billes, c'est ça ? Si tu veux, je t'en prête. Je sais que t'es aussi bon joueur que nous.

– Tu crois ? questionna-t-il, flatté.

– Ben oui... Tiens, prends-les !

– Dix billes ?

Quelle surprise ! Une larme de crocodile roula dans ses yeux noisette ou alors ce n'était qu'une goutte d'eau trompeuse. La tête penchée sous le robinet (il ignorait qu'il se préparait à boire le calice jusqu'à la lie), il me jeta un regard humide, puis, après s'être ébroué tel un chiot au sortir de l'eau, au lieu d'accepter la main tendue, il sollicita sa cervelle d'oiseau.

– Pourquoi tu fais ça? T'as toujours joué contre moi et on s'aime pas...

– On s'aimait pas, rectifiai-je.

– Qu'est-ce qui a changé?

– Le vieux Sosthène répète tout le temps que la vie est un carrousel. On entre, et ça tourne. Si tu restes par terre, tu manques de jugeote. T'es pas futé, quoi! Et puis seuls les ânes ne changent pas d'avis.

– Je ne suis pas un âne?

La question méritait une petite seconde de réflexion. Le Rouquin me lorgna, je le jaugeai. Ma grand-mère disait que toute vérité n'est pas bonne à dire, et que bien causer, c'est ne pas blesser l'autre. Il faut donc tourner sa langue sept fois dans sa bouche de sorte qu'à la question : «Je ne suis pas un âne?», il faut répondre prudemment que personne ne l'est vraiment, car selon les circonstances nous pouvons l'être ou pas. Nous pouvons l'être un jour, par distraction, puis se montrer intelligent le lendemain. Âne ou pas âne : qui peut y répondre? Je mis du miel sur mes mots, et je mentis au Rouquin pour revoir Joana; je mentis pour la revoir et implorer son pardon; je mentis pour que son nom, après un si long silence, ne fût plus que sucre sur mes lèvres, ce qui serait plus agréable que le goût amer de la colère. Je dis au Rouquin que s'il y avait un âne dans le voisinage, ce n'était certainement pas lui. Oui, il pouvait compter sur moi. Billes en tête, il traversa la route. Saint-Pierre, le pouce levé, me fit comprendre qu'il répondait de la réussite du stratagème. Je m'assis près de la fontaine et, le dos appuyé contre le muret, je pensai que si Joana me revenait, je verserais mille excuses dans son seau. Joana : un nom, un visage, une voix que Dieu créa pour moi. Plus de crues ni de jeux cruels entre nous ; plus de malentendus ni d'incidents que j'effacerais d'une confession : à treize ans, on rêve tous d'une reine. Et c'est elle ma reine ! Que dire du doux, du chaud, de la tendresse du monde dans le creux de ma main ? Que dire de son rire ? Ses explosions de rire, c'était la certitude que, après grand-mère, elle était entrée dans ma légende.

Au début de ma rencontre avec Joana, je m'en souviens, j'avais insisté pour qu'elle me dévoilât la rondeur de ses seins. Elle m'avait alors répondu que ce qu'on imaginait était plus épatant que ce qu'on pouvait voir dans la réalité : « Les yeux de l'esprit, il n'y a que ça de vrai. – Tu me fais marcher ? – Tu ne veux pas marcher avec moi ? – Mais si. – Mets ta main ici et ferme les yeux ! » Ici, c'était le sein gauche, plus proche du cœur. Elle savait se faire obéir, Joana. On eût dit qu'un seul cœur battait pour deux. Puis, guidé par sa voix, j'avais l'impression de faire un voyage. Sur fond de ciel bleu, je voyais des rideaux se lever devant d'étroits couloirs. Elle m'accompagnait dans une descente au plus profond d'elle, de nous, en ces lieux où j'ignorais si elle était moi ou si j'étais elle. Une âme, une seule. Le plus important, d'après ses brèves explications, ce n'était pas de faire, mais d'être. Ce qu'on admirait, c'était en nous, nulle part ailleurs. Et je n'avais aucune peine à la croire puisque ma main, traversant son corps, touchait à un autre univers d'étoiles, comme si nous avions pu, par ce doux contact, modifier les lois élémentaires de la physique. Seul existait le regard intérieur qui captait une lumière caressante, une émotion. Des années après, j'ai fermé les yeux chaque fois que je voulais avoir une vision claire de la femme, voir ce qui était enfoui, entendre ce qui n'avait pas été dit, et cette manière d'être en communion de sentiments avec elle m'a permis parfois d'éviter des querelles inutiles, des procès d'intention, des quiproquos, des interprétations hasardeuses, ou de se cogner la tête contre le mur de la jalousie, de la bêtise, et quand on a mal, c'est toujours l'autre le coupable, n'est-ce pas ? À l'époque, Joana avait-elle lu *Le Petit Prince* ? Que savait-elle de la question de l'essentiel qui se lit avec le cœur ? Je l'ignorais. « Qu'est-ce que t'en dis ? s'enquit-elle. – C'est incroyable ! – Tu vas revenir à toi, lentement, très lentement... Ouvre les yeux ! » J'ouvris les yeux pour le regretter aussitôt. Quel réveil ! Face à moi, le Rouquin s'efforçait de ne pas pleurer comme une fontaine. Qu'attendait-il de moi ? Que je lui dessine la porte derrière laquelle cacher sa honte ? Ce serait un cas de figure inédit pour moi. En revanche, j'étais tout disposé à lui porter le coup de grâce à présent qu'il avait perdu les dix billes. Je lui en prêtai dix autres en lui conseillant de mieux faire. Il déclara que Saint-Pierre jouait en diable. Je lui répondis qu'il était encore plus diable. Son orgueil le poussa à me croire sur parole. Il refit le chemin inverse, confiant. La bouche collée au robinet, je bus une gorgée d'espoir avant de reprendre le fil de ma rêverie.

Un quart d'heure après, une voix sans timbre prononça mon nom. Le Rouquin était de nouveau là, les yeux battus, les mots battant en retraite, et il ne savait plus où mettre les mains qui l'avaient trahi deux fois. Humilié, désappointé, contrit, je le sentais prêt à se rouler à mes pieds et, un bref instant, j'imaginai Joana à sa place, elle me conjure de tout oublier et m'assure que plus rien ne troublera l'eau entre nous. Je fais mine de rejeter sa supplique. C'est alors qu'elle me sert cette petite phrase qui de tout temps fouette le cœur des hommes : « Je ne suis là que pour toi ! » Soudain l'image devint floue. Mon incapacité à convoquer Joana en lieu et place de son frère redoubla, aussi m'apprêtais-je à juger à sa triste valeur celui qui s'était placé de lui-même dans le camp des perdants.

— T'as tout paumé ?

— Les dix.

Impitoyable, j'enfonçai le clou.

— Les vingt. Tu me dois vingt billes ! Quand est-ce que tu vas me les rendre ?

— Je ne sais pas.

— Demain.

— Demain ?

— Ou alors, il faut s'entendre...

— Ça veut dire quoi ?

Je lui expliquai que tout d'abord il devait recueillir les faits et gestes de Joana (pourquoi pas une larme ?) et me les rapporter tels qu'il les avait vus ; lui dire ensuite que je soupirais, souffrais, maigrissais, et que si elle ne se réconciliait pas avec moi, je mourrais à cause d'elle. Le Rouquin me fit honneur de son regard de biais habituel, non, il ne colporterait pas ces mensonges sous prétexte que quand il irait à confesse, le curé Aiglefin le saurait et lui donnerait au moins douze chemins de la croix pour pénitence. Je lui fis remarquer qu'il était dans une fâcheuse position et que celui qui ne risque rien, n'a rien.

— Elle ne me croira pas !

— Mais qu'est-ce que t'en sais ?

— Je sais ce que je vois.

— Ah ! oui..., fis-je moqueur, et où tu vois les vingt billes que tu me dois ?

Le front courbé, il apprenait enfin l'humilité. Lorsque j'ajoutai que s'il accomplissait sa mission avec zèle, non seulement il n'aurait pas à rembourser sa dette, mais il retournerait au jeu les poches pleines, il s'écria que j'étais plus qu'un frère pour lui. Le visage sous l'eau, je lavai un rictus, convaincu qu'il poussait la bille un peu trop loin. Complice, oui ! Mais frère ? À contre-cœur, j'acceptai la poignée de main tendue, toutefois je dois dire, dès à présent, qu'une fois l'affaire conclue, le Rouquin prit très au sérieux son rôle d'espion jusqu'à ce que Joana me revienne plus sorcière que jamais.

Chapitre VI

À la sortie du hameau, il y avait une grosse touffe de bambous verts, hauts sur tige et peuplés de cris d'oiseaux béliers – des tisserins à plumage jaune vif, tête et gorge noires, bec noir –, et c'est là que nous avions l'habitude de nous rencontrer, Joana et moi, dans notre cocon de verdure, à l'abri des regards, grâce au travail du vent qui rabattait les grandes herbes sur nous. Nul autre endroit n'était plus propice à la réconciliation, pensais-je alors. Et cette après-midi-là, grâce au Rouquin, Joana avait accepté de venir me rejoindre en ce lieu où, comme tous les gosses, nous avions gravé prénoms et cœur dans l'écorce lisse du bambou qui gardait longtemps les entailles, et même plus longtemps que ne duraient les sentiments. Je souriais parce que rien ne s'était effacé en nous, ni autour de nous, et je félicitais de sa grandeur d'âme celle qui m'avait tout pardonné ; je souriais parce que le soleil me souriait, j'avais rêvé de ce moment-là, assis auprès de

Joana. Qui nous séparerait l'un de l'autre ? Je ne
lui avais pas demandé ce qu'elle avait fait durant
le temps de l'absence, pourquoi elle était là, si
elle avait pleuré à cause de moi. Je ne désirais que
sa présence. Je la contemplais, parce que je ne
savais pas comment reprendre le divertissement
amoureux.

Je me sentais aussi brûlant que l'air, comme
s'il y avait de l'électricité dans le paysage. Je
serrai Joana contre moi. Puis je la caressai,
l'embrassai sur la bouche. La dorloter, et l'al-
longer sur le lit de feuilles sèches, mais elle avait
une meilleure idée. Je n'insistai pas et me laissai
faire. Elle prit ma main et la posa sur le sein
gauche, puis sur le sein droit, car les sensations
n'étaient pas les mêmes, le cœur dialoguant
moins fort à droite, puis sur les lèvres, les
cheveux, ah, la forêt de cheveux, quel monde
étrange ! D'une étape à l'autre, comme si nous
avions repris le jeu de l'oie, Joana chuchotait :
« Tu ne parles pas. Et tu verras, l'amour te
montera dans l'âme... » Silence. Je me voyais
marcher droit devant moi, vers un lointain
sans frontières, je rêvais d'être heureux comme
avec une femme sans savoir ce que cela signifiait. J'ai toujours rêvé d'être heureux avec une
femme. Aujourd'hui je me dis que Joana avait
voulu me faire comprendre que, très souvent, le
bonheur avec une femme est du domaine du
rêve.

Dans notre nid de bambous, je voulais tout apprendre, car le vent semait autant de désordre dans le feuillage que de désir en moi. Seule Joana pouvait m'apporter la paix, apaiser ma faim, mon besoin d'être aimé. Mais quelle paix si elle ne vient après la guerre ? Son corps, le bord intime de ses rives, pour quel voyage ? Quel lac de feu au nom duquel je sacrifierais ma raison comme l'oiseau sacrifie ses ailes au soleil ? « Folie ! » me lança-t-elle. Nous recommençâmes la leçon dont l'essentiel m'avait échappé : le nez, les lèvres, les seins... Joana, je me souviens, tu n'avais plus d'âge dans l'été. Ton regard m'incitait à traverser le temps et l'espace, à franchir les murs dressés entre nous, mais le plus cruel, c'était le mur du désir. Alors tu m'encourageas à mettre l'index et le majeur entre tes sourcils, là où tu situais le troisième œil, puis d'oublier le ciel, les oiseaux, l'apparence des choses tandis que sous ta robe blanche, ta peau chair de vavangue me fascinait. Chien à tes pieds, j'obéissais à tes incantations. Puis la course du sang dans mes veines me contraignit à respirer fortement. Une vague de feu me parcourut tout le corps, et Joana, je la possédais en une étreinte pareille à celle de la lave qui se jette dans la mer. Peu après, elle me ramena à la réalité qui avait si peu à nous accorder : « Ça t'a plu ? » Je lui répondis oui, bien sûr. Elle passa la main sur sa robe tachée de vert et de soleil, avant de préciser que c'était ça faire l'amour, et même plus que l'amour. Elle ajouta ensuite, voix câline, qu'une autre fois nous irions sur la lune.

J'acquiesçai, heureux.

Plus tard, je fonçai vers l'aire de jeu en ayant en tête la question : comment savoir qu'on a fait plus que l'amour si on ne sait pas ce qu'est faire l'amour ? Peut-être que Saint-Pierre, qui se vantait d'avoir dormi dans le lit de Marie-la-Veuve, saurait ôter cette épine de mon cerveau. Lorsque je retrouvai la bande à l'ombre du manguier, le jeu de billes battait son plein. Assis sur le parapet de la route, je patientai, incapable de lier mes pensées. Puis je me dirigeai vers mon ami et, un bras autour de son épaule, je l'invitai à discuter loin des oreilles indiscrètes. Il remarqua mon front soucieux et s'inquiéta de ma santé. Je lui murmurai que je me sentais bien dans ma peau, la preuve c'est que je venais de faire l'amour avec Joana. « C'était extra, tu peux pas t'imaginer ! », m'exclamai-je, la rougeur trahissant ma joie. Il me fit un clin d'œil. « C'est fait, tu... » Je fus obligé de tout lui raconter dans le moindre détail. Lorsque j'eus fini, il me gratifia d'un regard triste en me disant que la voune des femmes, c'est pas entre les deux yeux, et que si je gobais tous les bobards de Joana, eh bien, elle serait bien capable de me promettre la lune.

Saint-Pierre avait percé ma propre ignorance. Je continuai à l'écouter d'un air penaud, puis je pivotai sur mes talons, persuadé que seule la solitude m'aiderait à dissiper la confusion de mes pensées. Pour une fois, j'eus envie de rejoindre grand-père dans son exil, le corps prisonnier de l'Autel du Sol, mais l'esprit en errance entre Canton et la Cochinchine. Enfin, je comprenais le pourquoi de son silence et sa volonté de ne plus sortir de sa rêverie. Donc je descendis l'allée de muguets sans hâte, je devais tout faire pour ne pas flancher, surtout ne pas regarder du côté de ma grand-mère de peur qu'elle ne devine mon trouble dû à mes amours adolescentes. Elle parlait à ses lapins en leur donnant de l'herbe fraîche. Petit pincement au cœur : à qui d'autres aurait-elle pu parler ? Je refusai la question pour ne pas me trouver dans une situation embarrassante, sans savoir que, sous la varangue, je me heurterais à un pliant vide. Où grand-père s'était-il enfui ? Avait-il pris le bateau pour Canton ? Je franchis vite le pas de porte. Et là, dans l'obscurité de la chambre, assis sur le bord du lit comme au seuil de sa vie où il ne voulait plus entrer, je le vis soutenir de ses mains une tête lourde. Peut-être se demandait-il ce que le dragon Tchouo-long, qui faisait la tempête en soufflant, l'hiver en respirant, la nuit en fermant les yeux, avait fait de sa ligne de vie plus tendue que la corde d'un arc. Le vent avait lacéré les voiles de son sampan, il n'entendait plus le rire des femmes dans la rizière, alors il avait rangé ses chimères dans la malle qui, plus sinistre qu'un cercueil, arborait une calligraphie chinoise dessinée au charbon de bois. Ce jour-là, Tchouo-long avait dû respirer plus que de coutume, car j'avais froid, aussi froid que mon grand-père qui ignora ma présence. Les larmes ne s'écoulèrent pas de mes yeux, ni des siens, rouges, comme s'il les avait lavés à l'alcool de riz. Sur le coup, j'aurais aimé qu'il n'eût plus de mémoire. Dans mon esprit, le doute ; et peut-être, déjà, l'idée de me venger de Joana.

Le lendemain, c'était dimanche.

En début d'après-midi, après avoir rempli d'eau le bac de ma grand-mère, je retrouvai la bande au pied du manguier où Saint-Pierre creusait un énième trou pour une énième bagarre mémorable. Bien sûr, le Rouquin vint me serrer la main. Depuis que j'étais son *frère*, il me la serrait à toute occasion, me forçait à retirer la mienne le premier et, sous l'œil amusé de mes camarades, à jouer le jeu de la parenté. Mais je n'avais rien à en redire. C'était mon meilleur allié, qui agissait d'intelligence avec moi, même s'il lui restait ce regard en dessous. Mi-curieux, mi-moqueur, il me demanda ce que j'avais fait à sa sœur. « Pourquoi ? », fis-je, en fronçant les sourcils. Il me répondit que, depuis hier, Joana n'arrêtait pas de chanter. Saint-Pierre ironisa en disant que c'était elle qui me faisait chanter.

Le Rouquin et moi, nous nous dirigeâmes vers la fontaine, loin du rire de la bande. La bouche humide de l'eau fraîche, je lui promis dix billes s'il allait dire à sa sœur que j'irais volontiers sur la lune avec elle. Il écarquilla les yeux devant l'énigme, mais se tut, se contentant d'empocher la moitié du contrat avant de filer en lièvre. Quel ambassadeur ! Je regagnai le terrain de compétition en pensant que bientôt j'explorerais la face cachée de Joana, un exploit à faire enrager Saint-Pierre qui ne s'était guère aventuré au-delà des bras de Marie-la-Veuve. D'entrée de jeu, la Jeanne ne se gêna pas pour éclaircir les rangs de l'adversaire qui, perdant partie sur partie, sentait venir l'heure de la débandade honteuse, comme les Anglais devant Orléans. Sur un ton incisif, Saint-Pierre cracha que je pouvais toujours courir, je n'irais pas sur la lune. Le doute m'envahit le cœur ; je ne répliquai pas. D'un coup, mon horizon se rétrécit et ma vision de la lune s'estompa. Face à un ennemi hargneux, je commis faute sur faute. J'attaquai la bille en plein, sur le côté, en dessous, rien à faire. La Jeanne ne dansait plus, ne sautait plus, ne bondissait plus, glissant sur l'ongle du pouce et fuyant la gueule du trou tandis que Saint-Pierre, bien décidé à me faire avaler la poussière, faisait voir de toutes les couleurs à mes billes. Moins j'en gagnais, plus mon assurance s'envolait. Nul doute que j'étais tombé dans un traquenard, mais, au moment où le combat paraissait perdu pour moi, je vis le Rouquin jaillir dans le virage. À ses cabrioles, je sus qu'il était porteur d'une bonne nouvelle. En haut du parapet, il me lança que la lune se lèverait dans une heure à peine. L'autre moitié du contrat en poche, il entra dans le jeu à mes côtés, et après des contre-attaques répétées, décisives, la victoire bascula dans notre camp. Peu après, laissant les joueurs en plan autour du trou inondé de joie (Saint-Pierre n'avait-il pas donné le mauvais exemple ?), je pris la direction du chemin de terre, poursuivi par le soleil qui, comme pour m'avertir d'un danger, me martelait le crâne.

En moi, le tumulte des émotions : que Joana m'offre ce qu'elle n'avait pas encore le droit d'offrir à personne, peut-être la violenter – le temps d'une larme –, pour qu'au vent du désir s'y mêle l'odeur de l'herbe verte. Devant moi, la touffe de bambous. Joana m'y attendait, calme. Un sourire, deux ; des silences. Je bus sa bouche comme on boit l'eau de la fontaine. Je la caressai, longtemps. C'est ainsi qu'on fit un premier pas vers la lune. Sitôt délivrée de la jouissance, elle me pria de poser deux doigts sur son front et de fermer les yeux. J'hésitai. Il y avait chez elle un côté « graine de sorcière » qui m'émerveillait tout en m'agaçant. Comment lui dire, après les railleries de Saint-Pierre, que ce jeu ne m'enchantait plus ? Ce n'était pas compliqué de comprendre que pour atteindre la lune il fallait faire le grand saut dans l'inconnu. La mine boudeuse, elle s'étonna : « T'as peur ? Oui, t'as peur. Regarde ta chair de poule mouillée !» Je lui adressai un sourire en coin en balançant la tête. «De quoi aurais-je peur ?» Elle me répondit que je craignais de ne pas pouvoir revenir sur terre.

– C'est toi que je veux, pas la lune !

– Tu crois que...

– Je ne suis pas idiot ! Je sais par où entrer pour qu'on aille loin tous les deux.

– Qui t'a dit ça ?

– Mon petit doigt.

– Qu'est-ce qu'il est bête !

Son persiflage gonfla mon cœur de colère et, sachant par où lui déplaire, j'insistai.

– Tu m'ouvres ta rivière ?

– Jamais.

Je ressentis ce mot comme une gifle à ma suffisance. Et maintenant, que faire ? Quels propos tenir pour que Joana accepte de revenir sur cette décision catégorique qui me tomba dessus comme la foudre, traçant la ligne du point de non-retour ? Ne valait-il pas mieux, pour ne pas trop aggraver mon cas, s'esquiver au plus vite, d'autant qu'elle semblait égarée dans sa réflexion, déçue forcément, sur la défensive, m'épiant du regard, à peu près certaine que je ne m'arrêterais pas en si mauvais chemin ? Et la tempête se déchaîna. Prise par les épaules, le dos plaqué au sol, Joana devait consentir à... Je me leurrais. Ne pouvant répondre à la force par la force, elle arma ses mots et, les lèvres collées à mon oreille, elle me demanda si je

ferais ça à ma sœur ou à ma grand-mère. Touché
de plein fouet, je desserrai mon étreinte. La gêne
que j'avais dans mes culottes courtes ne tarda pas
à fondre, si bien qu'il ne me restait plus qu'à me
taire, déçu de l'avoir déçue, et lorsqu'une larme
glissa sur ma main je sus que c'était fini, le rêve
d'amour. Sous la robe froissée, j'avais perdu mon
voyage sur la lune, n'étant plus aux yeux de Joana
qu'un de ces garçons ordinaires dont les mains ne
s'ouvrent que pour prendre. Elle se sauva sans se
retourner, triste ; je restai seul avec les cris d'oiseau dans ma tête et les aiguilles du soleil me
transperçaient de tous les côtés, alors je me recro-
quevillai sur moi-même d'un air absent et désolé.
Celui qui n'est pas passé par-là ne peut partager
ce sentiment de gâchis avec moi. L'abandon, je le
connais par cœur. Je m'étais exclu de la vie de
Joana, de ses rêves. Le mal était fait ; il n'y avait
plus qu'à se mordre les doigts jusqu'au sang.
Franchement, je ne m'attendais pas à ce qu'elle
me tourne le dos, me plante là sous les bambous,
seul à faire face aux attaques des tisserins qui,
éclairs jaunes, tête et gorge noires, bec d'acier,
carnivores, m'attaquaient sans répit, criaillant,
et tant pis si je ne devais jamais guérir de mes
blessures. À moins de mettre le feu aux bambous,
d'incendier ma mémoire. Je n'ai pas osé. La plaie
est toujours à vif, et depuis mes amours n'ont eu
que le goût de l'éphémère. Mes amis d'enfance
ont femme, enfants, famille, peut-être le bonheur.

Moi, j'écris. Aujourd'hui je n'ai plus guère le choix, et tous les becs se frottent contre le fil électrique, comme s'ils se préparaient à me punir de n'avoir pas écrit que de bons livres. Mais Dieu m'est témoin, je n'ai aimé que de belles femmes. Je grimace un sourire. Si elles me voyaient les bras en croix dans le jardin, chercheraient-elles le grain de sable qui a enrayé la machine ? J'en doute. Peut-être me battraient-elles. Peut-être me livreraient-elles aux oiseaux ? Je suis ce livre incendié dont chaque page est un cri, un enfantement rythmé par les orages qui cherchent à se glisser hors du ciel.

Je tends l'oreille : les martins piaillent et le vent du soir déclame son poème dans les feuilles du lilas. Je ne bouge pas. Je me dis des choses que je n'écrirai pas. Tout à coup je suis ce livre qui déborde de colère, et l'écriture tremble au bord des interlignes.

DEUXIÈME PARTIE

Chapitre I

Désormais grand-mère ne s'aventurait plus seule dans les sentiers, et le soir, à l'heure du dîner, son visage dans la lumière de la lampe à pétrole me rendait si heureux que je remerciais Dieu de l'avoir placée sur ma route. Suivre ses pas, c'était comme lire un livre de sagesse : sur la page de droite, côté champ, les erreurs à ne pas commettre trop souvent ; sur la page de gauche, côté colline, les dix commandements à respecter ; sur la page centrale, côté rivière, l'espace fluide consenti au rêve.

Le rêve, c'était ma grand-mère.

Je l'avais retrouvée au bord de l'eau, brossant son linge dans le courant, au-dessus d'elle l'immensité du ciel, et quand pour adoucir la fatigue de son corps, elle levait la tête, le soleil ne faisait qu'un avec elle.

Ce jeudi-là, elle me donna le linge à étendre sur la roche en me disant que ça me changerait certainement les idées, mais le linge étendu, mes pensées retournaient vers Joana, de nouveau elle m'appelait par mon prénom, je revoyais ses yeux, ses lèvres, de nouveau l'obsession d'un voyage sur la lune qui avait raté de peu, non, c'était fini, je l'avais perdue comme on perd un cerf-volant en brisant le fil d'un coup sec. Les bambous : un nid déserté malgré nos initiales enlacées au milieu d'un cœur gravé au couteau sur la plus belle tige, un nid – j'eus tort de ne pas y mettre le feu – qui avait été un refuge, un lit de feuilles sèches pour la caresse, à présent vide. Assis à l'ombre d'un rocher, je me repliai sur ma solitude. Grand-mère, qui détestait me voir rentrer dans ma coquille, lavait, rinçait, priait, et le soleil dont Chou-chang craignait la chute, poursuivait sa route. Vers midi, grand-mère releva le bord de son chapeau de paille et m'interpella :

– Ça te dirait, des guêpes ? Il y a ce qu'il faut dans le panier pour tirer des nids...

Le sabre à l'épaule, je gagnai aussitôt la forêt de filaos, à la recherche d'une branche solide et suffisamment longue pour me protéger des piqûres de la guêpe dont le venin, le professeur de sciences naturelles nous l'avait appris, peut provoquer de graves allergies respiratoires. Peu après, un chiffon imbibé de pétrole attaché au bout de la perche, une boîte d'allumettes dans la poche, grand-mère et moi, nous longeâmes le lit de la rivière, attentifs aux mères guêpes qui, riches de leur butin, s'en retournaient vers la bananeraie que le gardien malgache avait plantée sur le flanc des remparts – ces terres pentues qui surplombent les précipices. Nos guides étaient si nombreuses que, à n'en pas douter, notre déjeuner nous attendait comme sur un plateau. Bien sûr, ventre affamé ne demande qu'à croire ! Ce n'est qu'aujourd'hui, quarante ans après, que je réalise non sans fierté ni étonnement que toute ma vie j'ai eu faim et soif, restées intactes, telles qu'elles étaient durant les années que j'ai traversées seul aux côtés de ma grand-mère. Je l'ai déjà raconté, ma mère m'avait laissé à l'aube de ma vie, et Joana au milieu des bambous. Après le collège, j'avais dû quitter le hameau pour la capitale, ayant été admis au lycée Leconte de Lisle sous le régime de l'internat, de la seconde à la terminale. Et j'ai promené partout ma soif de lire les grands écrivains français dans le texte – ces œuvres dont on n'avait que des extraits dans le *Lagarde & Michard* et qui me laissaient sur ma faim. Je passais mon temps de loisirs à fréquenter les librairies, la bibliothèque départementale, et le soir, dans le dortoir, alors que mes camarades jouaient au jeu de dames ou se battaient à coups de polochon, je ne cessais de lire, même après l'extinction des feux, le faisceau d'une lampe électrique glissant d'une page à l'autre pour me conduire de la cour des Miracles à la bête humaine. Lire jusqu'à entendre dans ma tête les cris des mendiants de Paris ou le grondement continu de la machine

608, rétive, fantasque, galopant librement par la campagne rase. Griffonner des poèmes dans un cahier dès l'instant où mon professeur de français, au collège, avait eu l'idée de noter cette remarque ambiguë dans la marge d'une de mes compositions françaises : « Mais quel poète ! » Je ne me souviens pas d'avoir eu une excellente note pour cette rédaction (le « mais » sonnait comme un reproche), c'était quand même un encouragement à taquiner la muse, et Dieu sait combien j'ai dû la faire souffrir !

Sous les bananiers, on respirait un air frais. Je suivais ma grand-mère dont les yeux fouillaient les coins d'ombre au lieu de s'attarder sur les feuilles transparentes de lumière. Guêpes et abeilles n'aiment pas trop étaler leur richesse au grand jour. Au passage, je cueillais des bananes mûres sur les régimes qui touchaient le sol en l'absence de tuteurs, et je les avalais de peur que le gardien malgache n'arrive à l'improviste. Finalement, à force de patience, un magnifique nid recouvert d'ailes jaunes et vibrantes nous apparut, accroché à une feuille qui, presque pliée en deux, pendait le long du tronc. Grand-mère se tourna vers moi. Elle me chuchota que quand les nids étaient si bas, à ras de terre, c'est que du haut du ciel un cyclone cherchait l'île. Comme en 49... Cette année-là, qui fut aussi l'année de ma naissance, de mémoire d'homme on n'avait jamais entendu le pays gémir autant dans la tempête, autant que ma mère qui s'impatientait de se libérer du fardeau qui ralentissait sa marche depuis des mois. J'avais retenu la leçon : longtemps après les tourbillons de vent, la violence continue à déferler dans le cœur. Ma violence venait sans doute de l'influence maléfique des planètes, de la désintégration des météorites, de la colère de Dieu qui, du fond de la Genèse, hurlait que, las de voir l'humanité s'épuiser en guerres fratricides, il la réduirait bientôt en cendres. Ma grand-mère semblait être de cet avis : alors, tu les boucanes ? Et comment donc ? Frotter une allumette, caresser de la flamme le chiffon imbibé de pétrole, asphyxier, que les guêpes abandonnent leurs larves comme la mère abandonna l'enfant sur la banquette arrière de la Citroën noire, les rendre folles, les obliger à faire des virevoltes jusqu'à ce que, soûles de fumée, elles tombent par terre ; que les plus résistantes d'entre elles décollent du nid comme des bombardiers sans pilote, qu'elles montent en flèche vers le ciel avant de basculer dans la mort. Je prenais ma revanche. Sur quoi ? Sur qui ? Je fonçai sur le nid pour le cueillir d'une main rageuse, lorsqu'un dard empoisonné me stoppa net dans mon élan.

Je fis entendre ma plainte.

Grand-mère, qui ramassait de l'herbe pour les lapins, accourut vite à mon secours, elle tapota du doigt l'endroit de la piqûre, il n'y avait pas à se tourmenter, car l'aiguillon s'était fiché dans le coin droit de la paupière, non dans le blanc de l'œil. Toutefois, son front se couvrit de rides dès qu'elle s'aperçut qu'il y avait deux marques rouges sur ma peau : la guêpe avait piqué et mordu à la fois. Grand-mère chercha à en savoir plus, si je m'étais mal conduit, etc. Je répondis innocent comme l'agneau : « Moi, grand-mère ? » Son sourire me fit comprendre que l'enfant pouvait faire du mal sans le vouloir, mais qu'il fallait en parler pour ne pas retomber dans la même erreur. Imaginez la confidence dans une bananeraie, provoquée par un misérable insecte qui m'avait contraint à abattre le masque. Ma douleur lancinante me fit penser à celle que Joana avait dû ressentir sous les bambous, par ma faute, et le venin n'était rien à côté, un simple avertissement. Je l'ai constaté, chaque fois que j'ai nui à quelqu'un, volontairement ou non, il s'est trouvé une « guêpe » pour se faire justice. Elle mord, elle pique, elle me crache dessus, elle m'arrache les entrailles, et je vomis tout ce que j'ai ingurgité la veille. Ce jour-là, j'avais vomi mon repas de bananes et la rancœur accumulée contre Joana. Ce qui me fit du bien, et cette fois encore je m'en tirais à bon compte.

De retour à la case, grand-père ne se soucia pas de mon œil, ni ne se moqua de l'enflure, ni ne vit que nous étions là dans nos silences. Je devinais les doux rêves que, les mains crispées sur les montants du pliant de toile, il allait pêcher sur les bords du fleuve Si-Kiang, un imperceptible sourire sur les lèvres. Une fois, je lui avais parlé de la rivière où grand-mère et moi, les jeudis, nous nous rendions pour laver le linge, nous baigner, piéger l'anguille, boucaner les guêpes. Les yeux mi-clos, il m'avait répondu qu'en Chine, du temps de son enfance, le seigneur des lieux contractait une alliance avec le Comte du Fleuve en lui offrant une princesse de sang. Nourrie et parée, elle était placée au milieu d'un lit nuptial qui, mis à flot, était happé par une lame. C'est ainsi que sa fiancée disparut en mer. Afin de récupérer la dépouille, il s'était embarqué sur un rafiot, sans s'interroger sur sa destination, alors que son père, le père de son père, lui avaient enseigné que le Comte du Fleuve régnait sur l'univers, et que toute résistance à ses desseins était inutile. Ce drame avait poussé le prince Léon de Sam (l'était-il réellement ? aucun document familial n'atteste la véracité de ses dires) à suivre son rêve au fil de l'eau, et sur le pont du vieux bateau il dansait comme le faisan de Yu Chan, inconsolable. De temps en temps, il lui arrivait encore de danser la mort de sa fiancée, il passait d'un songe à l'autre, une patte traînant en arrière – celle du regret, un point sombre, douloureux, au milieu de ses souvenirs de Chinois immigré qui avait posé sa malle sur une terre française perdue dans l'océan Indien. C'était ça, la grandeur de la France ! Terre d'accueil, d'asile, un port où l'étranger avait une chance de redresser le gouvernail de sa vie, une église où se marier, une mairie où obtenir la nationalité française pour que les enfants puissent devenir fonctionnaires et serviteurs de la mère Patrie, un cimetière où dormir de son dernier sommeil. Cette patte qui traînait en arrière, je ne pus jamais l'attraper, la soutenir, la guérir de la vilaine blessure pour que grand-père nous fît la roue des quatre saisons. C'est bien connu, le faisan danse seul. Et ces rides, ces ombres sur le visage, cette bouche obstinément close, ce semis de taches de vieillesse sur le dos des mains, c'était mon grand-père qui vivait à côté de nous, et quelquefois il donnait de petits coups de talon dans l'Autel du Sol avant d'entamer la remontée de ses souvenirs. Dès son arrivée dans l'île, il avait sacrifié sa longue natte et ses ongles aux dieu Kou, maître de la maladie, qui ne l'avait pas épargné pour autant, et sa plus grande peur, c'était de ne plus jamais revoir la Chine. En effet, ces derniers temps, il entendait craquer ses os qu'il badigeonnait de la pommade chinoise « tigre » qui dégageait une forte odeur de camphre, la panacée universelle contre le rhumatisme, la solitude, la nostalgie du pays natal.

Dans la nuit je fis un horrible cauchemar : j'avais une tête de faisan et je sautais à cloche-pied au milieu d'un essaim de guêpes agressives, un numéro qui tenait plus des pitreries d'un clown que de la danse, pourtant je ne parvins pas à sortir de mon sommeil.

Chapitre II

Peu de temps après mon tête-à-tête peu glo-
rieux avec la guêpe, grand-père m'expliqua qu'il
avait l'impression que l'appel de la mort se faisait
plus insistant, et il ressentait le besoin d'avoir un
contact direct avec la terre, sa manière à lui de
conjurer le mauvais sort. Alors il me demanda de
lui labourer le carré de terre situé entre la cuisine
et le cabinet qui se trouvait au fond de la cour,
assez proche de la clôture du voisin. Donc je
pris pioche, pic à roc, gratte, et en deux jours je
réussis à lui préparer les planches d'un potager ;
grand-mère, de son côté, lui avait ramené de la
ville des sachets de graines à semer dans la lune
montante. Sans tarder, il fit un semis qui, grâce à
moi, ne manqua jamais d'eau ; puis je vis monter
vers la lumière les belles plantes repiquées ; puis je
vis grand-père butter le chou de Chine par-ci,
la laitue par-là ; puis je vis un homme serein, qui
ne rappelait ses songes qu'à l'heure où le soleil
cuisait la peau ; puis je pensai que le potager

pourrait nous rapporter quelques sous si le cyclone annoncé de bouche à oreille consentait à dévier de son itinéraire. Nous achèterions une nouvelle robe pour ma grand-mère et, à supposer qu'elle les mît, des chaussures.

Une semaine passa, deux.

Puis le temps se gâta. Peu avant la tombée de la nuit, les vents ne cessèrent de patrouiller à l'horizon et les orages de se concerter à la crête des pitons. On eût dit que le ciel avait été corrigé au crayon rouge par mille mains de colère. Fallait-il avertir grand-père ? Allongé dans son pliant, un léger sourire aux lèvres, il voguait sur le Si-Kiang, vers les rives de l'enfance qui, perçue comme l'origine de tout par les vénérables sages de l'empire du Soleil Levant, contenait l'avenir. Un jour, grand-père m'avait fait don de cette vérité : vivant, nous ne savons pas ce que nous sommes ; et mort, le saurons-nous ? À vrai dire, c'est l'histoire que racontait Tchouang-Tcheou, assis à l'ombre des bambous : « Moi, Tchouang-Tcheou, je rêvais que j'étais un papillon qui tourbillonnait et voltigeait d'une fleur à l'autre, et je me sentais heureux ; je ne savais pas que j'étais Tcheou. Soudain je m'éveillai, et je fus moi-même, le vrai Tcheou. À ce moment-là je ne sus pas si j'étais Tcheou rêvant qu'il était papillon ou un papillon rêvant qu'il était Tcheou... » Le souvenir de l'anecdote m'ayant ravi une fois de plus, je conclus que le prince de Sam devait continuer à profiter de la jouissance du rêve. Grand-mère, plus préoccupée qu'elle ne l'avait montré en passant du parc à lapins au potager, du potager à la cuisine, ne tira pas les rideaux lorsque, après avoir fermé portes et fenêtres, elle éteignit la lampe à pétrole. La nuit me parut moins opaque, car une lumière semblait venir de la chambre où, à côté de grand-père, elle avait posé la tête sur l'oreiller, au-dessus d'elle un chapelet et des feuilles de rameau bénites accrochées au crucifix taillé dans du bois. Elle priait comme à Madagascar, en Inde, en Afrique – tous ces pays de légende qu'elle avait hérités de ses ancêtres –, et les mots du cœur s'élevaient vers le ciel tandis que les branches du manguier griffaient la tôle. Le vent jurait ; Dieu se taisait. Quelle heure était-il ? Après une première rafale à soulever le toit des cases, la pluie s'abattit sur la terre, lourde et sauvage, puis quand de violents orages roulèrent de la montagne vers la mer, je tremblai de peur sous la couverture. Le cauchemar ne s'en irait qu'avec l'aube, si l'aube venait...

Si l'aube venait peut-être adoucirait-elle les rigueurs de l'âge en étalant devant grand-père la carte des océans, celle dont le tracé conduit au pays de l'enfance et, une fois franchie la barrière de corail, son sampan gagnerait la haute mer et cinglerait vers les fleurs de lotus. Si l'aube venait, j'inventerais des contrées où nul ne renonce au bonheur, une terre sans armes où les jardins n'ont plus de murs, ni la Chine sa muraille, ni le champ sa bataille, ni le monde ses bombes. Si l'aube venait, je... Je m'endormis, fatigué. C'est difficile à un enfant de sauver la planète. Et dormant, je rêvai de bambous que le cyclone courbait dans un sens, puis dans l'autre, la grille végétale s'ouvrait et se refermait sur Joana qui me parlait de voyage.

Au matin, la pluie chassait sous la varangue où grand-père rêvassait dans son pliant, autour de lui un lit de feuilles et de brindilles, comme un nid défait par l'avalasse. Je gagnai la cuisine en quelques enjambées. Debout près du jacquier, grand-mère, chapeau de paille sur la tête et toile cirée sur le dos, ramassait l'eau de la gouttière dans des ustensiles en fer-blanc, des bouteilles, car par expérience elle savait que l'eau de la fontaine communale serait boueuse, imbuvable. J'eus le cœur serré lorsque je jetai un œil par la fenêtre qui donnait sur le potager : choux de Chine, brèdes et salades partaient à vau-l'eau, on aurait dit les rêves de mon grand-père, débris de vie dérivant ici et là, des bris de souvenirs rejetés par les dieux du fleuve Si-Kiang. Grand-père naufragé ; la terre sévèrement punie. Partout la tristesse des arbres qui, soulagés de leurs fleurs par les rafales, pleuraient de toutes leurs branches ; partout le saccage du cyclone, le jour étroit dans la grisaille. C'est fragile une île, et le vent s'en moque toujours.

– Madame Léon ! Madame Léon...

La voix semblait venir de loin, déchirée. Je pris mon capuchon et j'emboîtai le pas à ma grand-mère qui s'élançait déjà dans l'allée. En haut du parapet, Basile, un voisin du vieux Sosthène, s'époumonait.

— Qu'est-ce qu'il y a ? questionna grand-mère, le vieux Sosthène va mourir ? Il veut mourir par ce temps, mais c'est de la folie. Et son âne ?

— L'âne aussi va crever...

Il pleuvait des cascades, et la brume était aussi dense que dans les rêveries de mon grand-père. Si un désespoir plus traître que la tempête le frappait, que deviendrait-il ? Quand, nous rendant au chevet du mourant, nous l'avions laissé seul, pas un mot n'était sorti de sa bouche. Il y avait tant de plaintes à l'entour, et la pluie tombait si fort qu'on eût dit qu'elle voulait barrer le chemin aux villageois les plus téméraires, le ciel faisait sa tête des mauvais jours, et, d'après ce que j'avais compris, le vieux Sosthène ne pouvait compter sur aucune accalmie dès lors qu'une brise d'hiver avait commencé à souffler dans ses veines, il ne lui restait plus qu'à remettre son âme à Dieu en ayant la conviction d'avoir fait ce qu'il avait à faire sur terre. Nous avancions lentement sous l'averse, sans que ma grand-mère se doutât un seul instant que je marchais vers Joana que je pensais rejoindre dans le vent puisque c'était le vent du désir qui nous avait séparés. Lui dire que j'avais rêvé d'elle. Lui parler d'amitié, l'arracher des griffes de l'oubli, s'envoler vers la lune avec elle, et plus que croire, embrasser la certitude qu'aucun cyclone ne dresserait un mur d'incompréhension entre nous. Une voix familière pourrait m'interpeller de cette façon : « C'est toi ? Tu sais que je ne t'ai pas oublié ? Alors là tu m'épates, tu... Je ne sais vraiment plus quoi dire, je n'ai plus de mots, peut-être parce que mon cœur bat trop vite, je n'arrive plus à respirer. » J'attendis en vain une fenêtre qui s'entrebâille, un rire qui dissipe les ténèbres, le rire de Joana qui m'appelle dans la lumière d'une lampe à pétrole, je ne réfléchis plus, je me précipite vers elle. Mais non, rien. Des rafales dans le dos, je vacillais, je glapissais avec l'arbre abattu en travers de la route, tel l'agonisant sur son lit d'infortune.

Une nuit, je m'en souviens, la mort avait serré grand-père de si près qu'il s'était mis à cracher du sang, j'y voyais déjà le signe d'un départ imminent, sans retour – l'un de ces départs qui fait que l'on a des yeux pour pleurer –, la chambre n'était pas éclairée, car on ne devait pas chercher à voir l'invisible, cet arrêt brutal du souffle qui abrège les souffrances. Face à la cuvette, je ne pus retenir mes larmes. Je m'assis sur le bord du lit pour entendre grand-père me dire qu'il ne fallait pas pleurer, car vivre et mourir sont un aller-retour. Mourir dans l'île, c'est renaître sur les rives fleuries du Si-Kiang où les jeunes filles rivalisent de beauté avec les fleurs du lotus. « François, est-ce que tu sais comment on appelle les morts en Chine ? On les appelle des revenus...» Je me demandais si, parti depuis si longtemps du pays natal, il saurait gravir la montagne des Ancêtres ; s'il ne se perdrait pas en cours de route, un bref instant abasourdi par le chagrin, saurait-il se souvenir des guerres, des chasses, des amours du roi Mou, dont la très belle Ki de Cheng qui mourut juste après les épousailles ? Le roi Mou, me conta un jour grand-père, avait remonté les sources du fleuve Jaune jusqu'au lieu où le soleil se couche, sans retrouver l'épousée à qui il avait offert des funérailles grandioses. Ce n'est que bien plus tard que grand-père avoua à la Dame-Reine d'Occident, déesse des épidémies, qu'il était un revenu parmi les vivants. C'était sa façon à lui de dire que la mort ne l'effrayait plus.

Le vieux Sosthène habitait dans une case en paille, au bord des champs de canne, il n'y avait ni cour ni jardin, et le plus souvent il attachait son âne au bel arbre qui lui donnait un peu d'ombre l'été, c'était un gréviléa, un grand arbre dont les fleurs jaune safran attirent les abeilles et les oiseaux du voisinage. Le sentier était boueux, glissant, et je prenais garde. Un chien noir se mit à nous suivre peu après que nous eûmes quitté la départementale. Je n'y fis guère attention. Mais comme la bête s'entêtait à marcher sur nos talons, Basile, trempé jusqu'aux os, le chassa à coups de pierre jusqu'à ce qu'il disparaisse dans les épines.

Basile revint vers nous, soucieux. «Tu le connais, ce chien? C'est la première fois que je le vois par ici. D'où il sort, l'animal?» Je ne répondis rien. Moi non plus je ne l'avais jamais vu, un chien si noir, si squelettique, si affamé de je ne sais quoi d'appétissant, le regard sournois.

Sous l'arbre qui avait perdu feuilles et branches, l'âne tremblait sur ses pattes. On ne s'arrêta pas. La porte en bois de la case était fermée à cause de la pluie et du vent, mais le loquet n'était pas repoussé. La pièce était dans l'ombre. À peine distinguait-on le vieux Sosthène qui, immobile sur son grabat, s'était enroulé dans une couverture usée; les yeux hagards, il regardait dans le vide comme s'il sentait venir la mort à grand galop. Grand-mère effleura de la main le front dont les plis trahissaient le remous des pensées, puis elle murmura une prière qui vantait les mérites du pardon, de la miséricorde: «Qui est cet homme pour que le Seigneur se soucie de lui au moment de la délivrance? Toi qui as marché sur terre comme un Juif, rends ton âme à Celui qui te l'a cédée par amour! Tu as été une brebis errante, et ton âme repentante repartira vers le Pasteur. Je te connais! Je sais que celui qui a semé dans les sillons de la vie éternelle en récoltera sept fois plus. Va! Je crois que ton âne est prêt pour le voyage. Ne le fais pas plus attendre! Et ne crains rien, je t'assure qu'il y a plus de lumière qu'à l'aller.» C'est étrange comme le sourire d'un mourant, avant qu'il franchisse la porte qui sépare les morts des vivants, peut être si beau dans la pénombre, si réconfortant pour ceux qui restent derrière. Ce sourire lumineux clôture une vie. Plus une ride sur le front. En revanche, le visage de grand-mère changea d'expression lorsqu'elle recueillit les dernières paroles du vieux Sosthène. Que lui avait-il dit de si alarmant avant que la tête basculât sur le côté ? Je ne le saurais que bien plus tard. Dehors, le jour portait le deuil ; un chien hurlait dans les épines.

On alluma des bougies pour la veillée mortuaire.

Le lendemain, dès la première éclaircie, on porta le mort au cimetière et on descendit le cercueil en bois dans une tombe abandonnée.

Après le passage du cyclone que grand-mère, taquine, avait baptisé « Joana », grand-père se mit sur son trente et un pour descendre en ville : costume kaki, chemise blanche au col amidonné, chapeau de feutre et beaux souliers vernis. Pour l'aller et le retour, il avait six kilomètres à trottiner sur le bitume, entre deux rangées de canne, avant de rejoindre la nationale. Aux jours de grande mélancolie, il rendait visite à ses amis de la communauté chinoise. Ils se réunissaient dans l'arrière-boutique où, assis sur des nattes, la fumée de l'opium les transportait à Canton où ils redécouvraient le rire des filles, les rizières, le vol des cerfs-volants, le dragon cracheur de flammes, le plaisir de la chasse au tigre dans la forêt de bambous. Ils rêvaient tous de voyager sur un rafiot en partance pour la Chine, après une escale à Maurice, Batavia, Singapour ; ils jouaient au mah-jong, excepté grand-père qui, disgrâce des disgrâces, avait dû vendre son fond de commerce durant la Seconde Guerre mondiale, après que grand-mère eut distribué riz, sel et morue à sa famille affligée par la disette. Très rancunier, grand-père grommelait que, comme au siècle de l'empereur Ho-siu, sa femme donnait sans savoir ce qu'elle possédait, marchait sans savoir où elle allait, récitait son chapelet sans savoir ce qu'elle disait. La rancune est mauvaise conseillère.

En ce dimanche matin, grand-père avait une allure du tonnerre de Dieu, même s'il avait gardé, enfoui sous un tas de bons souvenirs, le sentiment que cette île ne l'aimait pas, ne l'avait jamais aimé, et qu'elle s'évertuait à étrangler l'exilé infortuné. Plus l'accablait le poids de l'exil, plus il plongeait dans la nostalgie d'une Chine impériale. Il était à mes yeux une sorte d'idéogramme vivant que je m'amusais parfois à traduire, sans résultats probants, pour tout dire ce n'était qu'une lecture superficielle d'une personnalité très complexe, insaisissable. Je ne manquais pas de conviction, mais d'expérience. Mes impressions, mes intuitions, mes lueurs de lucidité enfilées à la va-vite révélaient surtout un travail d'amateur. Le laissant à la route, je gagnai l'arrière-cour où grand-mère, de la tendresse au bout des doigts, nourrissait lapins et cochons d'Inde. Moi j'avais faim d'un regard, et je la contemplai tout en souriant au silence qui entourait ses gestes et à la lumière qui l'habillait mieux que la robe qui lui tombait des épaules aux chevilles. Infatigable à la tâche, elle suait pour deux, peut-être pleurait-elle aussi comme une île sous la pluie, je voulais en apprendre un peu plus sur elle, sur ce qu'elle pensait de sa vie, qu'elle me parle d'elle, de ses soucis, de ses joies. Moi je savais l'écouter sans jamais la gronder, ni faire allusion aux sacs de riz offerts à ses proches pendant la guerre. Moi je savais où ses pas la guidaient, j'avais confiance, et quel bonheur de grandir à ses côtés... Je n'avais pas tout saisi d'elle, mais j'avais tout dit en quémandant : « On va à la rivière ? » Enfin le sourire que j'attendais. Elle acquiesça à mon vœu, et nous empruntâmes aussitôt l'allée de muguets, elle, le balluchon sur la tête, moi, portant le panier qui débordait de provisions et de rêves d'aventure.

Après une heure de marche environ, nous quittâmes la forêt de filaos pour descendre vers la rivière qui, derrière un rideau de branches et de lianes, se livrait au soleil. Lorsque nous atteignîmes la berge, les femmes étaient d'un côté, les hommes de l'autre, et la marmaille se chamaillait à l'ombre de vieux arbres. Cette rivière de femmes au coude à coude, joyeuses, réunies un dimanche devant leur roche à laver, le dos sous les feux du ciel, quel spectacle ! À notre approche, des paroles circulèrent autour de grand-mère : « Ah, comment va Mme Léon ? Qu'est-ce qu'on raconte ? Pas trop de dégâts après le cyclone ? » Elle répondait à l'une par un sourire, à l'autre par un geste, elle n'entrait pas directement dans la conversation, car plus personne ne pourrait arrêter le flot de paroles, déjà le temps s'écoulait, le soleil escaladait le ciel, et, posant son balluchon sur sa roche habituelle, elle savait tout le travail qui l'attendait, de sorte qu'elle ne souhaitait pas aller au-delà des mots de bienvenue au bord de l'eau. Elle avait du cœur à l'ouvrage, et c'est en savonnant, en brossant, en rinçant qu'elle raconta la mort du vieux Sosthène. Puis elle se tut. Mais les lavandières continuèrent sur la lancée, elles déversèrent des tas de cancans dans le courant, elles dévidèrent leur cœur sans regarder à la dépense et copièrent le rire du vent dans les cosses sèches du bois noir. Les pailles-en-queue planaient si loin des commérages que leurs cris ne s'entendaient pas d'en bas. Assis les pieds dans l'eau, je planai un moment avec ces oiseaux blancs, magiques par leur beauté, laissant derrière eux une fine traînée de lumière. On disait qu'ils étaient les messagers des dieux, pourtant ils n'avaient rien à me dire, pas la moindre nouvelle de Joana. J'étais venu ici pour la retrouver, pas du tout pour le grand air, le ciel bleu ou la brise légère. L'absence, c'est pire que le venin des guêpes. La tête bourdonnante, je m'engouffrai dans le sentier comme entraîné vers l'amont de la rivière par une force obscure. «Où tu vas?», hurla le Coco-Rasé. Le Rouquin proposa de m'accompagner pour dix billes. Le Poniapin passa à vingt pour jouer à l'éclaireur. Saint-Pierre lança que la lune n'était pas de ce côté... Au fond peu m'importait sa gouaillerie! De toute façon, j'ignorais de quel côté Joana se cachait, derrière quels noirs nuages, les larmes avaient rétréci mon horizon, j'avais la sensation de me déplacer à l'intérieur d'un monde fermé.

Les bras au niveau du visage, je fonçais parmi les joncs, je me hasardais pour la première fois dans les marécages sans trop m'attarder à enregistrer des yeux le paysage. Je courais, sautais, bondissais. C'était la danse du faisan de Yu Chan, beaucoup plus élaborée, plus rythmée, presque en ligne droite. En revanche, ma pensée tournait sur elle-même comme une toupie : quel fou! Joana ne m'aime plus, et je continue à lui courir après. Puisque je ne l'intéresse pas plus qu'un cheveu sur la soupe, qu'est-ce que j'attends pour l'oublier? La lune, je n'y crois pas. Je suis tombé amoureux de Joana, pas de la lune. Que faut-il donc pour entrer dans l'adolescence?... Je m'engageai sur une piste de chèvres, parmi les rochers. Pas un arbre, que des herbes hautes, de la boue dans laquelle je commençais à patauger. Il me fallait retrouver vite mon équilibre, reprendre pied tout en gardant mon calme alors que mon cœur battait très fort ; c'était un paysage vert, plat par endroits, sous un soleil qui cognait de plus en plus fort. Soudain une silhouette se dressa en haut d'un énorme rocher, grise sur fond de ciel lumineux, très jeune, avec des hanches, des seins, de longs cheveux. Je m'arrêtai pile pour contempler la Malgachine qui n'avait rien d'une coquecigrue ; peur ou bonheur, je ne savais plus en quelles eaux j'évoluais, mais je sentais que mon corps frémissant aimait ce que je voyais, la fille qui, dans la misère de sa robe, me paraissait vulnérable tout de même. Comme je n'avais pas envie de mourir loin de ma grand-mère, ni sans avoir revu Joana, je craignais qu'elle ne soulevât sa robe pour me montrer son oursine, quoique le spectacle ne m'eût pas déplu. Je me rapprochai ensuite d'elle, lentement, de la boue jusqu'aux genoux, le souffle coupé comme si j'avais été frappé à l'estomac. Lorsque je perçus un bruit étrange, je levai les yeux, je cherchai des traces de la Malgachine à l'entour, plus rien, le paysage l'avait avalée, pour ainsi dire. Hallucination ? Je crus voir le soleil me rire au nez. C'est en grimpant sur le gros rocher que je pus lire des ronds à la surface du bassin dissimulé derrière les joncs, en cet endroit précis où la chute avait eu lieu dans la vase. Je devais appeler quelqu'un à mon aide. Une chance que, le dimanche, le village aimait le bord de l'eau ! Je refis le chemin inverse au pas de course, galopant tel un cabri sauvage qui a une meute à ses trousses. C'est là que je passe ? Non, il y a un raccourci. C'est une question de vie ou de mort. Pas le temps de cracher, de reprendre sa respiration, d'avoir mal aux pieds. Je n'entendais plus rien, ne voyais plus rien, ne réfléchissais plus à rien. Je n'avais pas non plus le temps de regarder, autour de moi, la plus belle île au monde. Ce qui faisait bondir mon cœur, c'était l'espoir de sauver une vie. Il y avait des hommes et des femmes là-bas, qui m'aideraient.

Dans le layon, je m'époumonai :

– La Malgachine se noie ! la Mal...

– Tu l'as vue ? questionna une imposante Cafrine qui, femme de ménage et nénène chez le contremaître Abélard, en avait entendu bien d'autres.

– Comme je te vois !

– Qu'est-ce que tu veux qu'on fasse ?

– Qu'on la sauve ! Elle est en train de se noyer dans les marécages, je le jure sur la croix du vieux Sosthène, et si on n'y va pas, c'est foutu pour elle !

Une harpie me montra du doigt en insinuant que jurer sur un mort, c'était s'attirer la guigne ; une pie-grièche me déconseilla de courir après l'oursine, car les épines étaient si grandes que je pisserais dans ma culotte. Quel affront, le rire de la rivière ! Que pouvais-je faire ? Ici, l'air incrédule, on souriait le regard par en dessous ; là-bas, on chuchotait que le quartier avait sa fable.

Grand-mère n'avait pas réagi, juste un clin d'œil pour me convaincre que la parole du plus faible, en ce bas monde, n'a pas valeur de vérité. Je m'éclipsai. Si ma voix, aujourd'hui, prêtait à la raillerie, demain j'inventerais des mots pour que, face à la mort, les hommes ne baissent plus la tête ; demain je plaiderais pour celle qui but l'eau de l'abandon jusqu'à la lie, car prisonnière de la boue, une Malgachine ne fait pas de bruit, c'est plus silencieux qu'un enfant sur la banquette arrière d'un taxi, en dépit des cahots et des nids-de-poule. Ma grand-mère me disait que si la corde du seau est trop courte pour puiser l'eau, seul un fou se jette dans le puits. C'était Joana mon puits de souffrance, ou ma mère. Peut-être les deux. Quelle importance ! Après tout, je n'avais pas à imiter la fille du gardien malgache, mais à clouer au pilori le cœur de l'homme qui reste un désert d'égoïsme ; je n'avais pas non plus à accepter qu'on réponde à mon appel à l'aide par la dérision, mais à me souvenir que chacun d'entre nous, qu'on le veuille ou pas, doit goûter à la vase avant de pouvoir étancher sa soif de lumière.

Dans l'après-midi, on ramassa le linge étendu au soleil. Puis sur le chemin du retour, alors que la clarté se retirait peu à peu de la forêt, je rattrapai grand-mère qui avait filé devant et, incertain, je lui demandai si elle m'avait cru. Elle murmura que j'avais vu ce que je voulus bien voir, avant d'ajouter que des fois on voyait même ce qu'on ne devait pas voir : « C'est avec l'âge qu'on sait pourquoi on a vu ces choses-là ! » Aujourd'hui, je ne sais toujours pas pourquoi la Malgachine s'est présentée à moi en haut d'un rocher, ni pourquoi la femme chemine quelques années à mes côtés, puis s'éloigne ; ou alors c'est l'amour qu'elle me vouait qui meurt, et la rupture signe la fin du voyage. À vrai dire, je n'ai pas su détourner de moi le chagrin. Quand je repense à ma vie, je vois s'étendre les ombres avec ici et là quelques étoiles, dont Joana qui m'a appris que ce n'est que dans les rêves qu'on décroche la lune. Mais ne dit-on pas que c'est la nuit qui rend les étoiles plus belles ? J'ai connu quelques étoiles filantes avec le concours desquelles l'obscurité m'a serré de plus près ; d'autres qui, comme les étoiles de mer, carnivores, ont roulé et déroulé leurs bras autour de moi pour m'enfermer dans leur vie ; d'autres qui, comme des messagères venues d'une autre planète, ont guidé mes pas un moment, avant de disparaître sans plus jamais donner de nouvelles ; d'autres qui, ayant les petits yeux et le rire des hyènes, m'ont fait la guerre ; d'autres qui, comme des lumières fixes, ont accouché de filles que je n'ai pas eu le temps de voir grandir parce que je n'ai pas cessé de courir après les Joanas qui ont croisé ma route. Aujourd'hui mes filles m'en veulent, surtout la cadette dont les aiguillons m'ont fait souffrir plus d'une fois ; elle me critiquait et me jugeait avec une rare violence, puis elle pleurait, et au poison des mots s'ajoutait le poids des larmes : « Quand on avait besoin de toi, tu n'étais pas toujours là ! Avoue qu'on ne t'a pas beaucoup vu ! Il n'est même pas sûr que toi, tu nous voyais à ce moment-là, tu étais là avec nous, oui, mais terriblement absent, ailleurs. » Sur la scène de notre drame existentiel (la cadette pense que je suis responsable de ses échecs sentimentaux), je jouais le rôle d'un acteur qui doit inventer son texte sous les feux de la rampe, le ton juste et sans fausses notes, de peur que la maison ne se transforme en une vallée de larmes. Ce genre de représentation peu banale où on est acteur et spectateur de son histoire a duré jusqu'aux vingt ans de la cadette, étudiante en droit à la Sorbonne. M'a-t-elle pardonné ? J'ose le croire. M'a-t-elle compris ? Je n'en suis pas certain. Je m'en veux aussi, bien sûr. Je m'en veux tellement que ce n'est pas sans remords que j'étudie avec mes élèves *Les Caractères* de La Bruyère, en particulier lorsqu'il dépeint le comportement de Diphile, qui passe tout son temps à verser du grain et à nettoyer les ordures de ses oiseaux ; il les adore parce qu'ils chantent et ne cessent de chanter ; lui-même a le sentiment d'être un oiseau, si bien que la nuit il rêve qu'il picore, qu'il mue, qu'il couve, qu'il chante, et les jours passent, ces jours qui passent et qui ne reviennent plus...

À présent les oiseaux sont de plus en plus nombreux sur les fils électriques, les ailes repliées, silencieux, ils ont l'air de m'épier comme si j'étais une proie à dépouiller de sa chair, de sa mémoire. Les épines du gazon me picorent la peau. Que va-t-elle devenir, ma fille de six ans ? Jusqu'à la fin de mes jours, je ne saurai mettre les atouts de mon côté : aimer ! Je ne serai jamais auprès de celles qui portent mon nom, qui m'aiment sans partage (la cadette m'aime certainement plus que les autres), qui se demandent quelle sorte de père je suis, mais n'est-ce pas un peu tard pour y penser ? « Qu'on le laisse à sa solitude », se disent-elles peut-être. Oui, qu'on me laisse seul ! Je ne veux pas qu'elles voient la main qui tremble, le cœur qui flanche, l'avenir qui se dérobe. Je ne veux plus courir après les étoiles, ni décrocher la lune dans les rêves, je veux savoir à quoi ressemblera ma vie demain et si, plus averti que le faisan de Yu Chan, je saurai sur quel pied danser.

Chapitre III

En fin d'après-midi, grand-père était de retour à la maison. Il avait placé son pliant de toile dans un dernier rayon du soleil et, tenant sur ses genoux un bel objet flambant neuf qu'il admirait sous toutes les facettes, il s'amusait à tourner un gros bouton à droite, à gauche, et au glissement d'une aiguille sur un écran lumineux, une voix agréable se faisait entendre, puis s'éteignait, parfois c'était l'appareil lui-même qui grésillait, une radio à peine sortie de la boîte en carton qui gisait par terre. Le Chinois rayonnait de joie comme un enfant qui vient de recevoir un nouveau jouet et, le cœur en fête, il ne semblait (ou ne voulait) pas me voir debout près de lui dans l'espoir de recevoir quelques explications. Il n'avait pas le choix, car je ne m'en irais pas avant. Même s'il continuait à fixer obstinément le poste, à ignorer ma présence, indifférent à ma curiosité, je resterais là planté comme au piquet, sans tousser ni me racler la gorge. Le repas n'étant pas prêt, il n'y avait pas péril en la demeure. Je dus prendre patience jusqu'à l'instant où il daigna lever le regard vers moi, avec l'air de dire : « Qu'y a-t-il ? Tu vois pas que j'écoute le monde ? Attends, je vais te faire entendre du chinois ! » Tout à coup, il avait retrouvé un visage jeune. Son front, ses joues, ses rides, il y avait dans ses traits la même joie qui le traversait chaque fois qu'il me parlait de la Chine. Ses rares cheveux blancs frémissaient sur son crâne, si ce n'était la brise du soir qui se mêlait de ce qui ne la regardait pas. Sa peau était moins pâle, son bonheur immense, et ses yeux paraissaient moins bridés que d'habitude. En une poignée de minutes, je fis connaissance avec des langues étrangères (c'était du chinois pour moi !), mais aussi avec une langue qui me plaisait : la langue française. C'étaient des Français de France qui parlaient ou chantaient à la radio, et de fort belle manière. Ça commençait à m'intéresser ! Si je possédais une assez bonne maîtrise du français à l'écrit, comme la plupart de mes camarades, à l'oral c'était une catastrophe ou alors le mutisme. Déjà j'apprenais par cœur les fables de La Fontaine, les poèmes des trois V (Vigny, Verlaine, Valéry), les tirades de *L'Avare* et du *Cid*, en espérant que mon esprit, ma chair, tout mon corps s'imprégnerait des subtilités de la langue et que lorsque j'aurais à exprimer mes idées, elles jailliraient de ma bouche. Un jour, je parlerais comme dans le poste. Étant l'un des milliers de Français de l'outre-mer, je devais m'exprimer correctement, mais grand-père n'était pas de cet avis. Aujourd'hui encore, je ne lui ai pas pardonné ni son amour exclusif de la Chine, ni son égoïsme qui m'a condamné au silence.

C'était le fumeur d'opium qui lui avait offert le poste en échange de choux de Chine et de laitues à lui livrer durant un an, tous les samedis matin, lorsque grand-mère descendrait faire les commissions en ville. Je lui fis remarquer que le cyclone avait ravagé le potager...

— C'est pas grave, répliqua-t-il. Demain tu laboures, je sème, et tu arroses.

— Et pour les piles ?

— Là-d'dans (une boîte en carton posée à ses pieds), il y en a douze ; dans le ventre de la radio, six autres. De quoi tenir six mois, et même plus !

— Une nouvelle robe pour grand-mère ?

Il força le volume, je n'insistai pas.

Il avait également ramené de la ville un nouveau portrait de Mao (en réalité, il n'y avait de nouveau que le livre rouge qui armait le poing du Grand Timonier), une photo d'Hô Chi Minh, un calendrier illustré d'une jeune Chinoise vêtue de soie rouge. Après un long exil, vers le troisième âge, la rêverie exige souvent un support, et nul doute que grand-père avait prêté à l'image les traits de sa fiancée perdue sur le fleuve de la mémoire. Le film qu'il se passait et repassait avait cassé en maints endroits, avec des trous noirs ou des blancs, et il avait beau écarquiller les yeux, l'irremplaçable beauté ne se montrait plus qu'à travers cette image floue qui rend les souvenirs si lointains. La photo lui permettait de rafraîchir les traits, de noircir les cheveux, de retrouver l'éclat du regard, de redessiner l'élégance juvénile de la silhouette, comme après un magnifique coup de zoom qui réduit la distance et efface les effets de brume. Il remontait le cours du fleuve, de sa vie, de sa jeunesse. La mémoire était activée de nouveau, mais cette fois dans l'illusion d'une réalité vaporeuse.

– On aura de la musique ? questionnai-je.

– Non ! la guerre...

Nous la fîmes, notre guerre. Après la défaite française qui s'acheva par la chute de Diên Biên Phu, le Viêtnam fut séparé en deux parties de part et d'autre du 17e parallèle, le Nord contrôlé par le Viêt-cong et le Sud placé sous un régime plus ou moins démocratique. Quelques années après, quand les États-Unis commencèrent à bombarder le Nord, grand-père se mit naturellement du côté des Viêt-congs, moi des Américains, et entre nous deux les blocs ennemis s'entretuaient dans le delta du Mékong, et nous de même, en présence de grand-mère dont le silence nous déconcertait si peu. Notre haine de l'adversaire nous interdisait de voir sa tristesse. Le soir, dès mon retour du collège, grand-père branchait la discussion sur la guerre, plus sanglante et meurtrière que jamais après l'engagement des Américains sur le terrain. Il disait qu'ils crèveraient tous comme des mouches. Fidèle à la cause des communistes, il mélangeait les renseignements de la veille, et même ceux de l'avant-veille, avec ceux du jour, si bien que le nombre de victimes du côté des forces du Sud doublait, quadruplait sans qu'il n'y eût ni morts ni blessés chez les Viêts. Tout dévoué à l'oncle Hô, grand-père versait chaque jour dans la propagande militaire de façon éhontée.

Je me hâtais de faire mes devoirs, puis j'arrosais le potager (il fallait bien payer le poste !), enfin j'écoutais les informations assis au pied de l'Autel du Sol tandis que ma grand-mère, debout à la porte de la cuisine, triait le riz dans un van. Grand-père et moi, nous triions nos mots. Les gentillets, les doux, les mielleux, nous les rejetions ; mais les méchants, les durs, les fielleux, nous les gardions sous la dent pour les servir au moment opportun sans le moindre remords. Selon la gravité de l'actualité du jour, dix ou cent morts, nous les dotions alors de cette force de frappe qui anéantit les villes ; cette force démoniaque qui rampe, atomise, réinvente les Hiroshima ; cette force aveugle qui détruit, pulvérise, inaugure les saisons de deuil dans les forêts et les rizières. Hommes, femmes, enfants peuplaient déjà de vastes cimetières sous la lune, les corps déchiquetés dégringolaient de la vie à la tombe, de la tombe à l'oubli des âmes privées de sépulture. Pas de voix, ni de prières ; pas de croix, ni de bannières. Bien entendu, nous ignorions quel était le visage de l'ennemi. Nous nous en tenions aux chiffres : six blindés, dix cadavres, dix mille éclopés ; nous nous gargarisions de clichés : « un bon Viêt est un Viêt mort » ; nous baignions dans le mensonge : l'Amérique n'a envoyé que des conseillers politiques au Viêtnam ; nous nous bercions de fausses espérances : la terre doit craquer de partout pour que la paix soit plus belle.

C'étaient des balles, nos mots. Le bruit des mots, toujours. Des mots gros comme un mensonge, des mots qu'on se paie, le mot à mot déversé dans le Delta, le mot d'ordre d'une mise à mort, les mots croisés et en croix, mais qui livrera le fin mot de l'histoire ?

Je ne voyais plus le prince de Sam rêvassant dans son autel à longueur de journée, mais un adepte de l'once Hô qui passait tout son temps à travestir les informations, à les embellir au profit du parti rouge qu'il défendait avec un tel aveuglement que c'était risible. Il avait retrouvé la Chine, le goût de la chasse aux tigres dans les bambous. Sa radio le faisait voyager de Pékin à Moscou, de Moscou à Cuba, de Cuba à Hanoi. Chaque voyage creusait un peu plus le fossé entre nous. Nha Trang, Quang Ngai, Nam Dinh, Diên Biên Phu, Danang, ces sonorités insolites le met-

taient dans un tel état d'excitation ! Le soir où la
radio annonça qu'à 2 heures du matin, le village
de Dông avait sombré sous une pluie d'obus
digne de Guernica, et que les Viêts avaient
contraint les hélicoptères alliés à faire demi-
tour, il ne put s'empêcher de prophétiser :
« Saigon va tomber ! » J'enrageais, grand-père
exultait. Grand-mère, elle, demeurait pensive,
ne pouvant prendre parti. Pour la première
fois, la radio chanta comme une folle.

Cette nuit-là, des rêves de sang agitèrent mon
sommeil à cause des bombes que, du haut d'un
nuage, je lâchais sur le Viêt-cong en déroute dans
la plaine. Et parmi eux, quelle veine !, grand-père
fuyait, méprisable. Pas assez vite, toutefois. Pris
dans l'œil de ma mitrailleuse, il n'avait aucune
chance de sauver sa peau, même si sous son bras
le poste braillait : « Je me rends... Ne tire pas ! Ne
tire... » Pourquoi ne tirerais-je pas ? C'était la
guerre. Il m'était impossible de trahir les miens,
ma mission, mes supérieurs. Donc je tirai plusieurs rafales. Puis je redressai l'aile de mon
Phantom afin de profiter, loin des terres brûlées,
de la douceur d'un ciel tropical. Le sommeil est
plus léger après la vengeance, mais le réveil est
assez brutal. C'est ainsi que le lendemain matin, je
ne sais par quel tour de passe-passe, je retrouvai
mon grand-père dans les bruits d'armes venus du
bout du monde. Je prêtai l'oreille pour entendre
le journaliste dire que si les marines rasaient

Hanoi, ou pire, s'ils franchissaient le 17ᵉ parallèle, la guerre ruinerait toute l'Europe et les États-Unis d'Amérique. Grand-père en rêvait, un rêve cassé en deux par un dernier communiqué : « ... dans la soirée, la ville de Dông a été reprise. les rangers, expédiés en renfort sur le front, ont tué des Viêts, récupéré des canons, des obus, la liberté volée au vaillant peuple du Sud-Viêtnam... » Soudain la voix se tut. Une main avait tourné le bouton dans le sens de la censure.

Je ne protestai pas.

En vérité, nous mentions tous.

Quand le commentateur, d'un ton enjôleur, annonçait la débâcle des Viêt-congs, il mentait ; quand grand-père, avec un incroyable cynisme, multipliait par vingt le nombre d'avions abattus, il mentait également ; quand je rétorquais que l'attaque de la base de Sotrang n'avait fait aucun mort, mais que des blessés dans les rangs des forces du Sud, je mentais. Quand, me regardant droit dans les yeux, grand-père prétendait que les Russes et les Chinois étaient restés à l'écart du conflit, il mentait encore ; quand je clamais que, suite aux violents combats à Duc Co, les pertes étaient plus que légères du côté du Sud, très sévères du côté du Nord, je mentais. Si cela ne dépendait que de nous, à coups de mensonges et d'impudence, nous aurions fait une guerre éclair qui n'aurait pas épargné des vies, mais sûrement la splendeur des rizières dans le soleil levant. Seuls les morts ne mentent plus. Même si on avait condamné la Chine et sa bombe H, plus rien ne pouvait sauver la paix, peut-être la fête du Têt si à cette occasion on offrait au monde la signature d'une trêve comme cadeau de Noël. Mais ce mot qui rime avec rêve, absent de notre vocabulaire, ne put nous réconcilier grand-père et moi, ni réunifier le Viêtnam, un peu comme si la terre s'était fendue en deux sous le choc des bombes à napalm, de la haine. Les hommes n'ont pas fini de pleurer en Afghanistan, en Tchétchénie, en Palestine, en Israël, et qu'importe la fête du Kippour... Ils n'ont pas fini de ravaler les larmes, d'enterrer les morts, de réciter des prières, qu'à l'horizon se préparent des orages qui s'abattront sur eux sans crier gare. Heureusement que le désir de vivre sort toujours intact de ces massacres, intact comme à l'aube de l'humanité.

Chapitre IV

L'errance dans le delta du Mékong avait été si pénible que j'étais usé, d'autant que la guerre se poursuivait au collège, et le champ de bataille, c'était la cour de récréation sur laquelle mon ami Saint-Pierre régnait depuis bientôt quatre ans. Souvent il me confiait le partage de l'eau et, pour que nous puissions nous désaltérer en paix autour de la fontaine, notre point de ralliement, j'épiais avec beaucoup de sérieux un ballet de langues pendantes, une ronde de lèvres éclatées dans les bagarres, une valse de genoux écorchés, un tourbillon de chemises ouvertes parce qu'il n'y avait plus aucun bouton à engager dans les boutonnières. La violence, nous l'apprenons toujours trop tôt ! Les grands portaient les plus petits sur leur dos et, dans un terrible face-à-face qui visait à laver les affronts diffusés la veille à la radio (prisonniers livrés nus aux sangsues, pilonnage de la ville à coups d'obus, avions abattus...), les cavaliers harcelaient leur monture, et en avant

les injures ! Dès qu'un « cheval à deux pattes »
s'écroulait, le vainqueur ramassait le point que
l'ennemi avait perdu dans l'indignité ; le vaincu
se remettait plus difficilement de la blessure à
l'orgueil que de la chute, et devant diable et
Dieu il jurait de se venger. Moi, j'étais prêt à
expédier les rebelles et autres têtes dures en terri-
toires occupés, tandis que Saint-Pierre, sous le
flamboyant planté au milieu du vacarme, rendait
une justice plus sereine.

Ce jour-là, tout se déroulait sans accroc jusqu'au moment où il me sembla que les assoiffés,
un vrai ramassis de cancres et de poils à gratter
(d'insupportables plaisantins), défilaient devant
moi comme à travers la buée d'une vitre, la
figure patibulaire avec de grandes oreilles, de
grands yeux, de grandes dents, décidés à me
faire passer un mauvais quart d'heure, peut-être
même à me dévorer sans aucune forme de procès.

Puis un cri déchirant :

– Le Chinetoque ! il vole mon tour...

Qui avait hurlé de rage ?

Mon regard se posa sur le Coco-Rasé qui me
désigna du doigt le coupable, un Chinois râblé,
le crâne hérissé de piquants noirs, sournois, un
vilain sourire sur les lèvres ; il avait remonté la
file en jouant des coudes et en distribuant à l'un
une insulte, à l'autre un coup de pied à casser le
tibia et la bonne humeur. Malgré mon courage, je
n'étais pas de taille à affronter l'effronté, donc je

fis celui qui n'avait rien vu ni entendu, et j'en-
joignis aux petits d'accélérer la cadence. Que le
Chinetoque boive et aille se faire voir (chez les
Viêts) ! Je pensais qu'il était inutile de s'alarmer,
car il ne risquait ni d'empoisonner la source,
encore moins de la tarir. Je devais garder mon
sang-froid, surtout ne pas céder à l'affolement
pour que l'adversaire comprenne que j'avais une
parfaite maîtrise de la situation... Un autre cri
vint de l'arrière. Puis une salve de cris m'accusa
de lâcheté, d'être d'intelligence avec l'ennemi.
Comme je n'avais pas envie de passer pour un
dégonflard, un judas, un faux cul, j'adoptai la
prudence de la tortue et marchai sur le malpoli
pour lui dire le fond de ma pensée. Mais c'est lui
qui prit la parole en crachant que la raison du
plus fort est toujours la meilleure et qu'il allait
me le montrer sur l'heure. Quelle fatuité ! J'ironi-
sai en répliquant que c'est à peu près tout ce qu'il
avait retenu de la fable parce que sa mémoire,
c'était un nid de guêpes, avec des trous. Il saisit
la balle au bond et me dit que si je la récitais sans
me tromper une seule fois, il irait troubler le
breuvage de quelqu'un d'autre. N'espérant pas
m'en tirer à si bon compte, je relevai le défi et
racontai l'histoire de ce pauvre mouton qui
commit le crime de lèse-majesté en se désaltérant
dans le courant d'une onde pure. Comme je la
connaissais par cœur, je fis l'agneau ; je me mis
ensuite dans la peau du loup affamé qui cherchait

aventure et je grondai : « On me l'a dit : il faut que
je me venge... » Là-dessus, un coup de poing me
ferma la bouche et me fit voir des étoiles. Sous le
choc, j'étalai mon déshonneur dans la poussière.

L'ennemi m'empoigna par les cheveux, il
me traîna au pied du robinet où croupissait un
reste d'eau et m'ordonna de la laper comme un
jeune chat. Des images de l'enfance se bouscu-
lèrent dans ma tête : toxicose aiguë, diarrhée et
déshydratation, piqûres et larmes. Je criai : « Il
veut me tuer ! » Je sentais s'enfler ma lèvre supérieure, preuve de l'infamie qui m'avait touché, et
dans ma détresse il me semblait que l'enflure
prenait la place de la bouche, du visage, bloquant
ma respiration et ma colère. Je ne sais par quel
miracle mon appel parvint jusqu'aux oreilles
de Saint-Pierre, car il arriva vite à la rescousse,
malmena le malfrat qui, derrière l'insolence du
regard, attendait la véritable attaque avec un
aplomb déconcertant. Mais pas de pessimisme,
Saint-Pierre apprêtait sa botte secrète. J'avais
confiance. Tout d'abord des explications : « Hé !
pourquoi tu lui as fait ça ? » Le cabotin garda
le silence, volontairement. Alors Saint-Pierre
rappela à tous que, m'ayant donné un droit de
regard sur la distribution d'eau, j'agissais en son
nom, par conséquent celui qui s'attaquait à moi
aurait à lui rendre des comptes sans tarder. C'était
la règle du jeu. Nul ne pouvait la bafouer sans
mériter un *zèf kalbas*, un zéro en dessous du zéro,

et le Chinetoque, prétendant au titre, était un œuf pourri, un pot de colle, une queue de morue pendillée à la queue d'un chien. Le rire de la cour n'égratigna même pas l'arrogance du Chinois, toujours sur le qui-vive. Saint-Pierre ne s'était pas déridé non plus. Tous deux savaient que, pris dans le cercle de la violence, les poings auraient la parole, à moins que l'un ou l'autre ne courbât la nuque. Le Chinetoque n'en avait pas l'intention. Traître, il cogna dur. Cueilli au ventre, la respiration coupée, Saint-Pierre se replia sur sa douleur. Je serais rentré dans l'arène, si le combat n'avait repris aussitôt. Saint-Pierre frappa une fois, dix fois, et le rictus qui était apparu un instant sur la face de l'adversaire disparut comme par enchantement. Enfin, une larme de dépit signa notre victoire. On se mit tous à battre des mains. Au fond, l'impudent n'était qu'un tigre de papier. Lui qui se prenait sans doute pour Grand Gibus n'avait plus que la mine déconfite de Migue la Lune, heureux que nous n'ayons pas pensé à lui couper les couilles.

La journée se déroula sans autre incident.

Le soir, ma lèvre supérieure boursouflée n'échappa pas à grand-père, mais devançant sa question, je lui confiai que je m'étais cogné à un arbre, et quel arbre ! du bambou de Chine à l'écorce de fer. Satisfait, il augmenta le volume du poste, car le commentateur s'appesantissait sur les opérations de nettoyage au-delà des frontières où les marines avaient accroché les Viêts, il fallait battre en retraite ou détruire les poches de résistance. Je filai dans ma chambre, grand-père sur mes talons. Il répétait que les Américains crèveraient tous dans la boue. Je fis la sourde oreille, me concentrant sur mes devoirs de classe.

La nuit survint. Après avoir bu un bouillon préparé par grand-mère, je m'endormis la tête endolorie, et mon sommeil fut mouvementé. Quel cauchemar ! Un Viêt de mon âge se réjouissait à m'enfoncer le nez sous l'eau, à me fêler les côtes, à me défigurer avec ses griffes de fauve. Comme grand-père, il ignorait ce que signifiaient les mots « trêve » et « Yom Kippour », il guettait le moment propice pour me ficher sa lame au travers de la gorge, il me parlait de Diên Biên Phu, de Qui Nhan, de Minh Long, de Saigon, de la victoire d'Hô Chi Minh. Plus il me parlait dans une langue étrangère, plus je m'empêtrais dans mes songes et mensonges, d'autant que rien n'ébranlait son ricanement, ni napalm, ni obus, ni même une caisse de Coca-Cola descendue du ciel avec une bombe à fragmentation. J'errais dans un archipel d'îles désertes, sur les restes épars d'un continent fouetté par de grosses vagues, poursuivi par le Viêt qui me disait que j'étais fait comme un rat. Je ne voulais pas m'avouer vaincu, aussi répliquai-je que j'avais une armée de mille hommes, des canons, des bombes...

– Oui, mais t'as plus de tripes. Tu vas claquer !
– Non !

Cet horrible cri arracha grand-mère de son sommeil. Elle accourut, se pencha sur moi et fronça les sourcils. Elle refusait de croire que le bouillon était à l'origine du mal. Je bredouillai que j'avais bu de l'eau sale, l'eau sale du Viêt qui avait pénétré en moi tel un tourbillon, noyant mes pensées, menaçant ma vie. J'avais mal au ventre, et une douloureuse envie de vomir. Elle ne tâcha pas d'en savoir plus. Une lampe-tempête à la main, elle ôta le battant de la porte et s'en alla cueillir les plantes médicinales dont l'alchimie me rendrait la santé, et qui sait, me guérirait de ma propre violence pour qu'un jour je puisse être en paix avec moi-même. Mes lèvres me brûlaient. Soif de tendresse chaque fois que grand-mère essuyait l'ombre de mon front ; faim de sa main qui faisait la nuit si douce. C'était une marque d'affection particulière qui me ravissait, d'autant que j'étais seul à jouir d'un si grand privilège. Du coup, les nuages quittaient mon ciel et partaient mourir ailleurs. Grand-mère me fit boire une tasse de tisane chaude, puis elle tira une chaise parce qu'elle avait jugé bon de rester près du lit jusqu'à ce que je me rendorme. Elle n'alluma pas la lampe. Une petite lumière émanait de son corps lorsqu'elle priait, et la pièce était suffisamment éclairée pour que je puisse la contempler si heureuse dans ses prières. Tout à coup, j'eus la sensation d'être dans un grand lit comme si la case avait été transformée en château de France, mes poumons s'ouvraient à la vie, je retrouvais mon souffle, le désir (combien de fois ce désir n'a-t-il pas fait battre mon cœur?) de poser la tête au creux de l'épaule de Man Lalie, puis de l'embrasser sur la joue avant de fermer les yeux. Jusqu'à ce jour, je ne peux aborder une femme sans me demander si elle saura répondre à ma soif de tendresse et si elle m'aimera assez pour veiller sur mon sommeil, la nuit.

Le lendemain matin, réveillé par la lumière du soleil qui s'était infiltrée par les interstices, je vis grand-mère entrer dans la chambre pour m'apprendre que, dix minutes plus tôt, Joana avait laissé une lettre pour moi. Ému, je regrettai d'avoir raté l'occasion de lui dire que je n'avais rien oublié d'elle, de la lune, du goût vavangue de ses lèvres, de la rondeur de ses seins, qu'elle comprenne mon désarroi qui se résumait en une phrase : je l'aimais. Si elle cessait de m'en vouloir, je l'implorerais de m'accorder une dernière chance. N'était-ce pas justice à treize ans ? Plus tard on tranchera dans le vif, on jugera, on fera le procès de l'un, de l'autre, et le couperet tombera au moment où on sera en mesure de dire : « T'es en âge de savoir, non ? » Inutile d'insister : le voyage était terminé. Quelque chose m'avait échappé, leçons mal apprises, gestes incompris, plus rien n'était à sa place, alors je pris conscience que rien n'est rivé sur un socle d'or ou de bronze, tout est sujet à l'étourdissement. Mais ce matin-là, je ne cédai pas à la mélancolie, car le papier déplié, je sus que Joana m'avait pardonné. Je gardai le lit. Sous la varangue, grand-père avait allumé la radio sur la guerre. Cette guerre, je commençais à la haïr. J'enfouis la tête dans l'oreiller. C'était fini pour moi le fracas des armes, les cadavres, la folie des hommes. La Chine pouvait transformer l'immense désert de Takla-Makan en un cimetière géant, moi, j'avais choisi d'adorer ma grand-mère, et je n'eus qu'à m'en féliciter, surtout le jour où le malheur vint heurter à notre porte.

– Il y a quelqu'un ?

C'était une voix de femme qui venait du haut de l'allée, elle insistait, désespérait, finalement grand-mère cessa de trier le riz dans le van posé sur ses genoux, elle jeta un regard vers moi pour que j'aille me rendre compte. En quelques enjambées, je me retrouvai sur le bord du chemin, en face de dame Abélard. À ses joues creuses, ses lèvres rentrées, ses cheveux éparpillés, sa robe plutôt négligée, elle faisait plus que son âge, comme si le dernier cyclone était passé sur son corps. Soudain je me souvins du vieux Sosthène (paix à son âme au pays des conteurs) qui, tout en flattant de la main la paresse de son âne, nous avait raconté l'histoire de la fille du contremaître, possédée par un drôle de diable. Dans le domaine de la magie noire, la réputation de l'île était établie depuis longtemps et, d'après ce que j'avais entendu dire, le monde du bien et du mal ne cessait de s'affronter dans le puissant Triangle des sorciers qui comprenait Madagascar, avec les adeptes du *fahamadina* ou « retournement des morts », les Comores, avec les fous d'Allah, et la Réunion, avec les chevaliers de la Bible. Donc, d'après ce que le vieux Sosthène nous avait confié (il tenait ses renseignements de la Cafrine employée comme femme de ménage chez les Abélard), un matin Aurélie, la fille aînée, refuse de quitter le lit. Elle dort les yeux ouverts et ne répond pas aux questions. Les entend-elle ? Personne ne sait vraiment. Son teint pâle inquiète la mère, le silence la déconcerte. Aussi s'occupe-t-elle des deux petits qui, effarés, ne comprennent pas pourquoi leur grande sœur, enroulée dans les draps, ne les distrait plus, elle d'habitude si espiègle, ni pourquoi elle est raide comme une planche. On dirait que la vie ne l'aime plus. Yasmine, la dernière des trois, suce le bout de sa robe et questionne : « T'es morte, Lilie ? » Comme elle ne desserre toujours pas la mâchoire, sa mère dit qu'elle fait semblant, c'est une sorte de jeu pour leur faire peur. « Mais ne tremble pas comme ça ! Je te dis que Lilie joue avec la mort. » Yann interroge, perplexe : « Et la mort, elle joue avec Lilie aussi ? » La mère serre la main du garçon, plus fort. Sa fille joue si bien à la morte

que c'est confondant. Mon Dieu, que se trame-
t-il derrière la fixité du regard qu'elle n'a pas
reconnu, qui ne l'a pas reconnue ? Ce corps enve-
loppé dans les draps comme dans un linceul, elle
aurait aimé qu'il soit debout, marchant à travers la
chambre. Cette bouche, elle aurait aimé qu'elle rie
de bonheur. Et ce cœur, elle aurait aimé qu'il
cogne dans la poitrine. Les petits, collés à ses
jambes, tirent sur la robe lâche. Elle frémit. En
chauffant le lait, puis en faisant la toilette de Yann
et de Yasmine, tout à l'heure elle s'est efforcée de
ne plus y penser, mais là elle n'en peut plus, et la
saisit l'envie de crier que le diable s'en aille. Elle
se retient, apaise sa frayeur qu'elle ne désire pas
ajouter à celle de ses enfants. Au fond d'elle-
même, elle ose espérer qu'on la frappera, la
violera, la mortifiera, tant pis, elle est prête à
consentir des sacrifices pour que se délie la
langue de sa fille aînée. Elle supplie : « Arrête,
Lilie ! Ce n'est plus drôle, le jeu. C'est même un
cauchemar. Tu sais quoi ? Tu connais bien d'autres jeux ? Ceux que t'as appris à l'école ? Tout
d'abord, il faut dessiner la marelle à la craie, sans
oublier la case du ciel, du paradis… » Une voix
hésitante la coupe : « Et l'enfer aussi ! » La mère
prie Yasmine de se taire. Les larmes affluent en
silence. Les lèvres mordues jusqu'au sang, elle
sent une présence malsaine rôder autour d'elle.
Pourtant, elle n'a aucune raison de s'angoisser.
Après le dimanche des Rameaux, le curé Aiglefin

n'a-t-il pas béni la maison ? Pourquoi cette épreuve ? Ce n'est qu'à cet instant-là qu'elle se souvient du nombre de fois où les femmes sont venues la trouver pour lui parler de la main du contremaître sous leur robe et des coups de fouet sur le dos des hommes. Elle n'a vu dans leurs yeux que l'amertume du faible qui, selon elle, est si friand de ragots, et a conclu que le pire, pour ces femmes faciles, serait de ramasser un ou deux bâtards dans les champs. Si les négresses rehaussaient un peu leur charpente, et les nègres leur indolence, le maître se montrerait plus magnanime avec eux, sans être obligé de brandir la menace, la punition corporelle, la retenue sur salaire. C'est ainsi qu'il a pris l'habitude de dormir un fouet à portée de la main, sous prétexte que, même dans ses rêves, il doit fouetter le nègre pour le faire suer une goutte. Au vrai, la peur a germé dans son esprit le jour où l'une des femmes a craché dans sa figure que «*Bondié i puni pa galé*», ce qui veut dire que la punition de Dieu n'est pas aveugle. Elle s'en souvient si bien qu'il n'y a plus le moindre doute en elle. Elle s'apprête à emmener les enfants hors de la chambre, mais un cri la fige sur place. Yasmine marmonne que c'est Lilie qui a gémi comme une bête.

Dame Abélard n'a plus de mots, que ses pleurs.

Elle sort avec les enfants et ordonne à la nénène de les conduire à l'école. Puis elle revient vite sur ses pas. Au moment où elle entrebâille la porte, elle entend des éclats de voix, un rire qui fuse. Elle tremble. Seule dans la pièce, Aurélie discute avec quelqu'un. Qui donc ? On entend une suite de phrases confuses. Lorsqu'elle pousse la porte, sa fille se tait, s'étonne de l'arrivée de cette inconnue qui lui pose des questions : « Tu causes à qui ? » Une grimace enlaidit le visage de l'aînée qui regarde fixement vers la fenêtre. La mère pense que le danger peut surgir de partout, alors elle décide de fermer les volets, mais au même moment retentit une voix trop grave pour convenir à une gamine :

– Non ! il va revenir...

– Qui ?

Aurélie lui répond qu'un homme tout habillé de noir est resté assis à ses côtés, longtemps, là sur son lit, à lui parler d'elle, à lui annoncer de bonnes choses, par exemple que si elle l'écoutait, elle serait toujours la première de sa classe, elle connaîtrait la grammaire française, les maths, sans rien apprendre. Et gare à ceux qui chercheraient à lui faire du mal, ils seraient transformés en crapauds, crabes ou crottes de chèvre que les oiseaux picoreraient. Puis elle ajoute que l'homme l'a fait rire aussi, toute la nuit. La mère s'approche, elle pose une main tremblotante sur le front tourmenté de sa fille, en se disant qu'une fièvre maligne est certainement à la naissance de tels propos. À l'instant où ses doigts glissent du visage vers le sein qui s'agite, Aurélie sourit (ce sourire diabolique auquel font allusion tous les exorcistes), elle repousse le drap et montre ses jambes qui portent des lettres de sang comme dessinées au scalpel par un calligraphe très expérimenté. La mère a l'impression de s'enfoncer dans un long tunnel. Elle s'informe : « Qui t'as fait ça ? » L'aînée dit que le passionné de calligraphie n'est autre que son père. Mensonge ! Les enfants, c'est connu, n'ont que le mensonge à la bouche, de surcroît ils sont insolents et vindicatifs. La mère est loin de se douter que l'addition n'est pas complète. L'accusation agace pour de bon sa fille dont la colère s'abat tout à coup sur elle au point de la défigurer, de lui crever les yeux, de lui arracher la langue. La fenêtre frappe le bois, un vent tourbillonnant entrant dans la chambre et apaise le corps de son enfant qui redevient très pâle et silencieuse. Elle s'éloigne à reculons, puis verrouille la porte et s'enfuit avec ses larmes. Dehors, sur la branche du manguier, une poule chante coq. Ce mauvais présage la met devant l'incontournable vérité : des esprits malins ont visité le corps de sa fille à la faveur de la nuit. Qu'on alerte son mari ! Qu'on fasse venir l'exorciste ! Qu'on prévienne l'évêque du diocèse ! Au portail, la foule la surprend. Elle se méprend sur la présence de ces gens dont chaque geste renouvelle à ses yeux la dette à payer, car le Verbe de Dieu ne coupe pas d'un côté pour le riche, et de l'autre pour le pauvre : il coupe dans la chair. La nénène s'avance vers elle, la tête amarrée dans un foulard rouge, et claironne que la marmaille est à l'école, le contremaître sur son cheval, la voiture du curé dans le dernier virage. Le dos de la main sur ses hanches, elle regarde à droite, à gauche, puis ajoute que ce qui arrive à la loupiotte, c'est la part du diable : *« Sé lo diab sa ! »* Dame Abélard comprend que le village est venu jouir de son affliction, alors elle croise les doigts pour protéger les siens de la rancune et regagne aussitôt la chambre de sa fille. La porte entrouverte l'intrigue. N'avait-elle pas manœuvré la serrure avant de s'en aller ? Adossée au mur, Aurélie boit son lait, et les cheveux lâchés sur ses épaules lui prêtent un visage souriant. La mère sourit de même, mais dès qu'une odeur de soufre se répand dans l'air, elle épie les gestes de l'aînée et, la vue s'habituant peu à peu à la pénombre, elle découvre avec effroi que le sourire n'est que deux virgules de haine.

– Qui a ouvert la porte, Lilie ? Et ces traces de boue, d'où viennent-elles ?

– Je ne sais pas.

– Et ces taches sur le drap ?

– C'est mon sang...

La fenêtre claque de nouveau. L'ordre de se taire est si brutal qu'elle porte la main à ses lèvres violacées et vomit un liquide verdâtre.

La mère, décidée à remuer ciel et terre pour savoir ce qui s'est ourdi cette nuit, nettoie la bouche de sa fille avec un pan de sa robe, puis tente de l'amener sur le terrain de la confidence en susurrant que le mal ne doit pas s'interposer entre elles. C'est vrai que son père n'a pas le fouet doux, mais le dimanche à l'église, elle supplie le bon Dieu qui règne sur les hommes et les bêtes de faire en sorte que les nègres mordent au travail et que les femmes ne se couchent plus aux pieds de son mari. Ensuite, elle Lui parle de ses enfants. Grâce à ses prières, Dieu connaît les Abélard. La mère aimerait tout savoir et demande à sa fille le nom du visiteur, ce sera un secret. Elle insiste encore et reçoit un crachat au visage. Aurélie hausse le ton, les yeux étincelants : « Tu mourras ! Vous mourrez tous... » D'où vient le malheur ? La mère n'a pas besoin de crucifix pour le flairer, l'haleine de sa fille lui suffit. Elle s'élance vers la porte, se cogne à son mari, puis à l'inévitable Aiglefin qui, l'étole sur la poitrine, la Bible dans une main, le goupillon dans l'autre, prétend reconnaître cette voix parmi toutes celles de la tour de Babel : celle du Malin qu'il renverra en enfer avec une fourche dans le derrière. Le contremaître s'incline devant ce flot de vantardises. En revanche, ne s'en laissant point conter par une soutane, la nénène cafrine réajuste le foulard sur sa tête et, attirant la foule dans son sillage, elle prédit que le curé, face aux démons armés de sept cornes, de sept corps, des sept langues de Babylone, ne tiendra pas le temps d'un *Ave*. Le contremaître rappelle à l'assistance que c'est un prêtre de Rome, sous-entendu qu'il tire son savoir de livres que le nègre ne sait pas et ne saura jamais déchiffrer, heureusement. C'est l'exorciste du diocèse. En bon français de France, cela signifie qu'il commande aux êtres qui marchent, nagent, rampent ou cavalent à dos d'animal. La discussion s'arrête là où commence l'effroi. Le coup d'éclair qui lèvera le voile et éclairera la face du diable, si proche derrière la porte, et causant avec le prêtre par l'entremise de l'aînée dont le corps lui sert de citadelle, est attendu avec fièvre. Les femmes prient pour que le prêtre résiste au péché de chair et ne s'avise pas de dépister le démon jusque sous la robe de la fillette.

D'après les bruits qui viennent de la chambre, grâce à ses psaumes, il semble avoir pris un avantage sur l'ennemi, mais la riposte est sévère. Un *Je vous salue Marie* débité à l'envers fait naître un malaise général, la voix de Dieu se confondant avec celle du diable. L'Aiglefin perd son latin, la foule son calme. Le pire est-il à craindre ? Enfin, la porte s'entrebâille. Dans sa hâte de ranger la victoire de son côté, le contremaître demande si le démon a déjà déguerpi, mais l'exorciste, dubitatif, se contente de secouer sa soutane. De toute sa carrière, jamais il n'a rencontré diablotine si belle, parlant le latin mieux que le pape. Il ne serait pas surpris d'apprendre qu'il y a ruse de femme là-dessous. Prenant un air attristé comme si la tâche devait lui coûter son âme, il annonce qu'il reviendra traquer le démon en choisissant son heure. Voilà un curé qui sent le soufre. C'est un exorciste, et quel exorciste ! Il prévient que pour réussir, il lui faudra soulever la robe, se montrer plus malin que le Malin, passer par-derrière quand on le croit par-devant, foncer en avant, enfoncer le pieu...

    – Et la petite ? s'enquit la mère.

    – Quoi, la petite ?

    – Oui, reprend le contremaître démonté par la tournure des choses, que risque-t-elle ?

    – Je ne sais pas ce qu'il adviendra de moi, mais je sauverai l'âme de votre fille.

La nénène cafrine, sur le ton du persiflage, dit que pendant ce temps-là « *kabri i manz salad* », bref, le maître de la situation a toujours bon parti. Le seul qui soit capable de combattre le diable, c'est Bamako. Aussitôt le galop d'un cheval roule sur le toit de la case et de l'arrière-cour monte un cri de bête qu'on égorge. La peur se pose sur les visages hagards. C'est une dernière chance pour le curé qui se jette à genoux et implore Dieu de les protéger contre la charge imminente des démons. La foule le rejoint dans un *Notre Père*, la nénène enrage. Désespérée, dame Abélard tourne vers elle un regard de chien battu. Le même regard qu'elle me présentait ce jour-là au bout de l'allée tandis qu'autour d'elle la nuit sonnait la charge. Il n'y avait pas une seconde à perdre. Déjà, grand-mère nous avait rejoints ; déjà, elle savait que le brave Aiglefin, quoique lisant le livre des mages (*Le Petit Albert* et *Le Grand Albert*), avait eu à affronter des plus finauds que lui. Et dame Abélard souhaitait profiter des talents du vieux Bamako : où habite-t-il ? Grand-mère répondit : « Plus loin que le chant des oiseaux, beaucoup plus loin. » Qu'importe ! Elle était prête à tout donner si... Grand-mère me contempla un moment, moi qui étais ce que Dieu lui avait donné de plus précieux, et elle n'espérait plus rien du monde des hommes. Plus rien de bon. Une ombre passa devant ses yeux. Alors je sus que si jamais nous prenions le sentier, il nous arriverait une mésaventure si singulière, accident ou sortilège, que les lendemains seraient plus menaçants qu'un cyclone au-dessus de l'île.

Cette ombre, je l'ai revue plus d'une fois dans le regard des femmes qui m'ont aimé, et chaque fois un soleil noir est apparu dans ma vie, réduisant à néant mes efforts consentis pour leur apporter un peu de bonheur. Mais je me dis que tout n'est sans doute pas perdu, car ces femmes ont ri quelquefois dans mes bras, des moments de joie éphémère, certes, mais rien ne perdure en ce monde. Et puis j'ai une fille en Californie, une autre en Finlande, une autre encore à Paris, et ma toute dernière de six ans sait déjà lire ce que j'écris. Souvent, j'entends aussi des rires dans le téléphone, je reçois des nouvelles par Internet, et dans mon bureau j'ai mis des photos d'elles, de sorte qu'il me semble que j'ai été, malgré tout, à l'heure de mes rendez-vous, et, pour que l'histoire ne recommence pas, j'ose croire que personne ne les fera pleurer, mes filles.

Chapitre V

La famille Abélard s'était installée à l'écart du
hameau, sur une colline bordée d'un ravin et d'un
verger, dans une grande case créole avec bougain-
villées, lambrequins, eau, électricité, et l'ensemble
donnait une note de richesse, un air de supé-
riorité, une marque d'autorité qu'il ne serait
venu à l'idée de quiconque de contester. C'était
une famille blanche dont les ancêtres, disait-on,
venaient de Nantes, et elle tenait fièrement son
rang. Le contremaître recevait ses ordres et
contrordres du gros-blanc, il assistait à la messe
du dimanche assis dans la deuxième rangée de
bancs qu'il partageait avec le maire, le capitaine
de gendarmerie, le médecin, la directrice de
l'école ; la première rangée était réservée aux pro-
priétaires terriens et à leur famille. Grand-mère
n'avait pas pour habitude de faire des courbettes
à l'un ou à l'autre, et elle accepta d'aider les
Abélard parce que la vie d'Aurélie était en
danger, dès lors que l'Aiglefin, ayant perdu

son latin, avait échoué séance d'exorcisme après séance d'exorcisme. Ce soir-là, elle prépara le repas, puis elle échangea quelques mots avec grand-père qui l'écouta d'une oreille distraite, attentif aux rumeurs de guerre diffusées à la radio. Elle me conseilla de m'habiller chaudement, elle-même prit son chapeau de paille et jeta un vieux châle sur ses épaules. Je l'imitai en enfilant une paire de savates « deux doigts » (sandales de caoutchouc), car la nuit, on ne sait jamais où on met les pieds. Nous nous engageâmes dans l'allée de muguets, puis dans le chemin de terre qui conduisait à la maison des Abélard, sans nous retourner, silencieux et dignes.

Le contremaître, le profil bas, nous reçut sur le pas de sa demeure, dans la clarté de la lampe-tempête qui accentuait sa détresse. Il s'en voulait d'avoir fait confiance au prêtre. N'était-il pas trop tard ? On ne peut rien contre le mauvais sort qui travaille dans l'ombre ; en deux temps, trois mouvements il bouscule la destinée des grands et des petits, on ne se reconnaît plus : « Qui es-tu ? Oh ! là, mais t'as changé ! Tu ne te souviens pas de moi ? » Il n'était plus temps de consommer les regrets, que les larmes arrêtent leur course derrière les paupières, qu'on se dépouille de son orgueil et de ses mines supérieures. Si on sait à quoi s'en tenir, tout peut encore s'arranger. Le contremaître sut qu'il n'avait pas d'autre choix que de rejoindre le lot commun des mortels, et surtout que le temps jouait contre lui, alors il ordonna au palefrenier de seller le cheval, à sa femme d'envelopper la fille aînée dans une couverture, et au bas peuple de prier sans s'accorder le moindre repos. Après tout, c'était aussi leur affaire, car si sa fille venait à mourir... Il s'avança vers la foule. Dès qu'il posa le pied sur la dernière marche du perron, pénétrant ainsi dans l'espace conventionnel où le serviteur avait la liberté de lui adresser la parole, je vis deux Noirs de pioche quitter l'ombre du hangar pour lui dire qu'ils étaient également du voyage. Il leur fit remarquer qu'il y avait des risques.

– Pas plus qu'ici, maître !

Le contremaître montra un signe d'agacement. La bouche contractée, il grimpa sur sa monture avant d'accueillir l'aînée dans ses bras. Dès que les deux Noirs eurent reçu des torches qui trouèrent l'obscurité, nous nous mîmes en route. À hauteur du manguier, le vent du soir prit grand-mère en croupe et, au pas du cheval sur le macadam, nous laissâmes le village à sa solitude.

Nous marchâmes longtemps.

Aux environs de minuit, nous entrâmes dans la forêt aux arbres qui parlent, chantent, dansent, et hier encore le vieux Sosthène disait : « Si vous paniquez, la brume vous encercle et vous transforme en fourmis géantes... » C'est ici, comme dans les labyrinthes d'un songe, que je crus voir le contremaître Abélard, juché sur son canasson, chasser à coups de fanal les âmes des pendus qui, autour d'Aurélie, récitaient d'effrayantes litanies. Pendant ce temps, la lune toute ronde jouait à cache-cache avec la cime des arbres, le sifflet strident des insectes remplissait l'air, les branches mortes gémissaient sous nos pas, et je m'accrochais à la main de ma grand-mère, infatigable.

– Grand-mère, grand-mère, ne vois-tu pas là-bas,
Danser dans l'ombre les filles du roi des yangs[1] ?
– Mon fils, mon fils, je vois bien en effet,
Ces ombres grises sont de vieux banians.

J'avais très peur lorsque le cri du fouquet tombait du ciel. Après la traversée de la forêt, le chemin longeait la rivière, il y avait de l'espace où marcher, je contemplais le ciel, la lune, les étoiles, et aussi loin que portait le regard je découvrais le beau pays des collines. Plus on pénétrait à l'intérieur de l'île, plus il faisait froid, pourtant je sentais à l'entour l'âcre sueur du cheval, celle des Noirs de pioche et ma propre sueur. Nous peinions le long du sentier, mais sans ralentir notre marche, ni caresser l'idée de se reposer assis sur le talus ou sur les rochers. J'écoutais les pierres dégringoler la pente, le bruit des sabots de la bête

---

1. Mauvaises âmes errantes.

qui remuait la tête, reniflait. Une autre chose dont je me souviens, c'est que nous ne disions rien afin d'entendre le diable appeler l'âme d'Aurélie blottie dans les bras de son père, et s'il l'appelait, nous devions répondre sans atermoyer, d'une même voix, que nous ne connaissions aucune Aurélie. Alors le diable passait son chemin pour aller chasser sur d'autres terres.

Le père frissonne, il presse son cheval,
Il serre sur sa poitrine l'enfant qui gémit.

Au petit matin, nous nous regroupâmes dans le cercle de lumière des torches dès que nous aperçûmes, sous un banian, la case du vieux guérisseur. Nous devions traverser une passerelle en bambou pour atteindre le portail de bois qui gardait l'entrée ; un chien fit mine d'aboyer, puis il se sauva la queue entre les pattes. Nous étions attendus. À ce moment-là, je n'aurais pas su dire si j'avais faim ou froid, si mon cœur battait de peur ou de joie. Une nuit de marche ! Ça semblait plutôt un rêve interminable. Je ne rêvais pas, pourtant. La tête me tournait, et si près du but mes jambes étaient devenues faibles. J'aurais voulu m'asseoir ne serait-ce qu'une minute, mais une voix grave cria : « Venez ! il n'y a pas de temps à perdre... » L'invitation dissipa tout à coup le sentiment de solitude qui me serrait la gorge. En regardant bien, je devinai la silhouette de l'homme qui depuis longtemps ne se posait plus ce genre de questions : pourquoi ces gens viennent-ils frapper à ma porte au bardzour, juste avant le lever du soleil ? d'où viennent-ils ? et que me veulent-ils ? Nous nous engageâmes sur la passerelle, derrière le cheval qui boitillait. Les deux Noirs de pioche fermaient la marche, les torches éteintes.

Devant le perron, le contremaître mit pied à terre en se laissant glisser de la selle. L'un des serviteurs prit la bride et attacha la bête à un arbre.

Le vieux Bamako, dans l'habit de lumière que lui prêtait un premier rayon de soleil, apparut sous la varangue, la peau aussi ridée que l'écorce d'un tamarinier, les bras aussi secs que des branches mortes, les vêtements aussi usés que des feuilles fanées, mais l'œil plus vif que celui de la papangue planant au-dessus des montagnes. Le contremaître et les deux Noirs s'agenouillèrent devant le maître des lieux, et le cheval hennit à pleins naseaux. Mais ni le guérisseur ni grand-mère ne prêtèrent attention aux hommes prosternés, ils observaient le bosquet debout sur notre gauche, l'endroit d'où pouvait surgir le danger. Lequel ? Ce qu'ils virent appartenait à un autre univers, car la main de grand-mère dans la mienne était moite. L'air du sous-bois me parut tout à coup plus lourd, plus chargé de je ne sais quoi d'invisible.

— Rien n'a changé, constata grand-mère.

Bamako répliqua :

— Si l'homme reste ce qu'il est, il n'y a pas de raison pour que ça change.

— Le chien, par contre...

— De plus en plus froussard. Qui m'as-tu emmené pour qu'il détale plus vite qu'un lièvre ?

Grand-mère garda le silence. Leur silence parlait si fort de choses inconnues, de ces forces sournoises qui prennent brusquement possession du paysage, que j'eus froid dans le dos. Pendant quelques secondes, je suivis le cours de ma pensée, anxieux et impatient en même temps — impatient de voir si je serais paralysé par cette présence parallèle que je sentais autour de nous. Bamako demanda au contremaître ce qu'il était venu chercher chez lui. Il répondit que sa fille était possédée, que le prêtre exorciste avait tout essayé, au point qu'il avait eu des moments d'égarement, par exemple en fouinant là où il n'aurait pas dû... Sacré Aiglefin ! Le vieux guérisseur se frotta les mains. Le sang réchauffé, il ne désirait plus qu'une chose : bousculer les esprits rebelles et les réexpédier en enfer séance tenante. Mais prudence, la vie de la gosse ne tenait qu'à un fil, et il n'avait pas le droit de le rompre. Il la prit doucement dans ses bras et l'amena sous la varangue où il l'allongea sur un lit de feuilles, puis il se releva, siffla entre ses dents une fois, deux ; non, le chien n'était pas prêt à revenir à plus de fidélité à l'égard de son maître, qui démarra la conjuration.

– Sous l'action du Saint-Esprit, l'enfant revient à la vie et à la lumière. Ce que le bon Dieu a caché aux puissants de ce monde, il l'a révélé aux tout-petits. Et je suis le plus petit d'entre tous, quoique de même chair et du même sang que le Fils qui est monté aux cieux. Je dis haut et fort que tous les démons sont étrangers à la sainte Famille, donc je veux qu'ils disparaissent de ma vue !

Aurélie demeurait figée comme dans de la cire, car pour un esprit pas très malin, la plus vieille ruse, c'est de faire le mort. Bamako haussa le ton en prévenant que son épée, c'était la sainte Croix. Soudain l'enfant se raidit dans une souffrance qui la défigurait, je ne la reconnaissais plus à ses yeux exorbités, à ses traits vieillis, à ses lèvres défor-mées, elle n'avait plus d'âge, et sur son corps amaigri je voyais la main mise de la mort. Elle se raidit encore, désespérément. Enfin, une boule de feu pas plus grosse qu'un poing, jaillie de sa bouche sale, retomba sur une poule qui picorait sur du fumier. Dans un battement d'ailes enflam-mées, elle vola par-dessus les épines des corbeilles d'or. Le guérisseur, qui n'était pas au bout de ses peines, se contenta de hocher la tête en signe de satisfaction, avant de décrocher un sachet sus-pendu à l'une des poutres de la varangue. Il l'ouvrit de ses doigts secs et habiles, puis versa une cendre noire sur la robe d'Aurélie qui se mit à gémir, les membres de plus en plus contractés. Peu après, des lucioles s'enfuirent d'elle en poussant des cris de musaraigne. Un second sachet répandit des étincelles d'or sur le visage enlaidi, et deux langues de feu coulèrent des lèvres et rampèrent jusqu'à une pierre du jardin surmontée d'un trident. C'était leur tombe pour l'éternité. Le vieux Bamako échangea avec grand-mère un regard complice que je traduisis en ces termes : c'est un jeu enfantin que de chasser les mauvaises âmes du corps, mais déloger celles qui, squattant le cœur, possèdent la science du Malin, c'est une autre paire de manches. La citadelle était à prendre, il la prendrait, mais il devait agir avec célérité et sagesse. Une fiole de couleur violette apparut dans le creux de sa main (d'où venait-elle ?), et tel un prêtre lors de l'élévation, il l'inclina sur la poitrine d'Aurélie qui, la face convulsée, se tordit sur une cuisante douleur. Il était important de connaître l'identité de la mauvaise âme : « Qui es-tu ? » Le Malin veillait, et toutes les phrases étaient dissoutes dans une bave jaunâtre. Le guérisseur reprit sa question et, à ma grande stupéfaction, c'est grand-mère qui chuchota que c'était une sitaranienne.

– Quoi ? hurla Bamako. T'as vendu ton âme à Sitarane, à ce bandit, à ce buveur de sang, à cet assassin guillotiné pour ses crimes ? Où est-il ?

– Je ne sais pas, répondit Aurélie.

– Le glaive est sur lui, pas sur toi !

– Si je parle...

Fixant le flacon, elle ne vit pas la goutte d'eau bénite exploser au contact de sa peau, mais dans un rire elle fit gicler entre ses dents un liquide visqueux. Un rire sonore et liquide. Soudain le front de Bamako se rida. Le démon se moquait de lui, de son eau, de ses menaces. Peu enclin à parlementer avec la canaille d'outre-tombe, il se mit alors à grogner. Un porc noir réagit aussitôt à son appel, il traversa la petite cour et, le groin baveux, vint fouiner autour du corps comme pour déterrer de belles truffes. Rien. L'esprit faisait toujours le mort. Il n'était donc pas originaire des îles Comores où, selon les versets d'Allah, on exécrait la chair du porc, mais plutôt du Sud malgache où errait l'âme de ceux dont la dépouille avait été souillée par les chiens. Où était-elle, la bête qui avait filé la queue entre les pattes ? On perdait du temps. La vie abandonnait Aurélie sur son lit de feuilles, et les larmes noyaient la prière des hommes. Le vieux Bamako avait envisagé un acte de foi et de feu conjugué pour démasquer et refouler la cohorte d'esprits malveillants, mais il n'avait pu le réaliser avec le succès tant attendu. Il n'avait pas d'autre choix que de persévérer, car en matière d'exorcisme, battre en retraite, c'est s'avouer vaincu. Il interpella le contremaître : « Aboie ! chasse le diable en aboyant... » Et l'homme le plus hautain du hameau se mit à quatre pattes au milieu du groupe, puis il aboya, montra les dents comme s'il pourchassait les Noirs de pioche dont il aimait trop à secouer l'indolence. S'il avait eu une queue, sans doute l'aurait-il remuée avec une certaine élégance. Aurélie se tortilla, lança des anathèmes à la face de Bamako sans l'émouvoir. Alors elle changea son fusil d'épaule et, dans un rictus, lui offrit ses seins de fillette, de quoi perdre son souffle, son latin, sa raison. Beaucoup plus averti que le curé Aiglefin, le guérisseur gronda : Mange-la ! mange-la ! à moins que l'esprit ne retourne au Pandémonium. » Je dois dire sans fausse honte que j'étais encore sous le charme des seins d'Aurélie, plus petits que ceux de Joana mais aussi mignons, lorsque j'entendis ce mot pour la première fois. « Pandémonium ! » Ce mot fit hurler de terreur le démon. Une flamme rouge sortit du corps, glissa sur l'herbe en direction du bosquet où le chien s'était terré. Je le vis bondir en hurlant et, avant que Bamako n'eût le temps d'intervenir, il avait déjà planté ses crocs dans la jambe de grand-mère, à hauteur de la cheville. Son forfait accompli, il regagna sa niche le poil du dos tout grillé.

Enfin, le père put cueillir un léger sourire sur le visage de son enfant tandis que le cheval martelait le sol de ses sabots en creusant la terre humide. Ce fut le calme après la tempête. Le guérisseur, dont le regard avait retrouvé la sérénité de la savane africaine à l'aube, semblait nous dire qu'il en avait vu bien d'autres dans sa carrière – si bien que j'eus le sentiment que la blessure de ma grand-mère était insignifiante. Mais quand vint l'heure de la séparation, et qu'à l'insu de tous il me mit un sachet dans la main, je compris que nous n'étions pas parvenus au bout de nos peines, quoique heureux de reprendre le sentier avec des provisions : fruits, racines de manioc, patates douces cuites sous la cendre. Je n'ai jamais cherché à savoir ce que le contremaître offrit en échange de la vie d'Aurélie, c'est l'un de ces secrets qui maintient de bonnes relations entre les hommes, quel que soit leur rang social.

Avant la traversée de la forêt, nous nous arrêtâmes près d'une source pour apaiser soif et faim. Le soleil était haut dans le ciel, et Aurélie continuait de sourire dans les bras de son père. C'était une belle victoire du bien sur le mal. Je dégustai une patate douce, puis je m'approchai de grand-mère pour lui demander à voix basse comment elle avait su pour la sitaranienne. Le regard au loin, vers le pays des mystères, elle me répondit que c'était le vieux Sosthène qui, sur son lit de mort, lui avait soufflé l'information à l'oreille avant de solliciter son pardon. « Pourquoi pardon ? » dis-je. « Pour le démon démasqué qui se venge », murmura-t-elle. Le prix à payer, ça ne se discute pas. Et c'est tant mieux pour les Abélard... En fait, elle aurait dû se taire pour ne courir aucun risque. Mais si elle s'était tue, peut-

être qu'Aurélie serait morte avant que le guérisseur n'eût eu le temps de la délivrer de l'influence
maléfique de Sitarane, ce bandit qui, au début du
siècle, s'était fait une exécrable réputation en
volant, violant, égorgeant ses victimes.

Grand-mère s'engouffra la première dans le
sous-bois, gaillarde. Comme l'ombre de ses yeux
contredisait le ton détaché de la confidence, nul
doute qu'elle ne m'avait pas dit toute la vérité sur
l'affaire. Et comme ce qu'on imagine est toujours
plus terrifiant que la réalité, je serrai dans mon
poing le sachet que Bamako m'avait confié, plus
ou moins rassuré, interrogeant le Tout-Puissant
sur Sa divine volonté, et, aujourd'hui encore,
couché sur le dos, du ciel gris dans les yeux et le
cri des oiseaux dans ma tête, je ne sais ce que
l'avenir me réserve à présent que je me retrouve
seul une fois de plus. En vérité, je n'ai jamais cessé
de questionner le monde invisible : « Qu'attendez-
vous de moi ? De quoi suis-je puni ? » Bamako,
je ne l'ai plus revu ; par contre, j'ai souvent rencontré Aurélie lors des séances d'exorcisme que
Mme Visnelda (paix à son âme !) pratiquait chez
elle, dans les hauts de l'Étang-Salé, avec chien, sel,
croix, eau bénite, en essayant de convaincre les
uns et les autres de ne plus vouer un culte à
Sitarane – un culte dangereux et insane –, car
elle n'en pouvait plus, jour après jour, jusqu'à
très tard dans la nuit, d'apporter la guérison par
l'invocation faite du nom de Jésus. Aurélie et moi,

nous savions pourquoi nous étions là auprès de la célèbre dame qui, ayant deviné notre intérêt pour ses pratiques magiques dirigées contre les démons, nous engageait parfois à lui prêter main forte : soit en l'aidant à tenir un possédé, soit en l'assistant de nos *Je vous salue Marie*. À aucun moment nous n'avions éprouvé le besoin d'évoquer le souvenir de Bamako, ce n'était pas nécessaire, dans la mesure où nous avions le sentiment que ces choses remontaient à hier, et que nous pouvions les lire dans nos regards.

Chapitre VI

Le vent du large avait chanté partout la bonté de celle qui marchait plus loin que le chant des oiseaux, et le village était fier d'elle, ma grand-mère. Puis elle ne marcha plus. Un matin, alors qu'elle bavardait avec ses lapins, le vertige la jeta par terre. Et j'eus peur de la perdre. Peur de ne plus la revoir devant le clapier, de ne plus suivre ses pas dans le sentier ; peur de ne plus pouvoir l'admirer lorsqu'elle triait le riz, midi et soir ; peur de ne plus être protégé par ses prières, la nuit, dans mes cauchemars. Et la pensée que l'île n'existerait plus pour elle, ni moi, ni la rivière, ni la forêt, ni Dieu, me révoltait. N'ayant pas réussi à se relever, elle s'était traînée au pied du jacquier et, les cheveux épars, ne savait plus où puiser la force de fixer le soleil matinal. Je m'accroupis auprès d'elle. À travers mes larmes, je vis avec effroi que la morsure du chien s'était infectée sous le cataplasme d'herbes et que la douleur avait accaparé son corps devenu si fragile. Le voyage se terminait-il ? Envie de crier : « Reste avec moi, grand-mère, même si le temps se gâte et si la vie cherche à jouer à pile ou face avec toi. Je dois encore grandir avant d'être un homme, et je ne me vois pas grandir sans toi... » Son front, assombri par la souffrance, donnait à lire des signes alarmants de fatigue, et l'extrême faiblesse avait atteint la pensée, la raison, alors elle ferma les paupières. Sa robe grise ne portait plus déjà l'odeur des sentiers, car sous l'enflure le sang circulait mal, j'en voulais au ciel et à la terre entière – au ciel d'avoir méprisé ses prières, à la terre de s'être dérobée sous ses pas au moment où il aurait fallu la soutenir et l'aimer à sa juste valeur. C'était une grande dame, et la mort voulait l'écarter de moi dont le cœur ne battait que pour elle, moi, son petit-fils, qui conjurais le bon Dieu de m'enlever tout ce qui lui plairait, excepté ma grand-mère.

Je courus vers l'Autel du Sol où grand-père se baladait d'une fréquence à l'autre en tournant le bouton du poste dans tous les sens, comme s'il voulait se repasser les informations du soir ou retrouver les bruits de guerre sur des radios étrangères. Bien entendu, il roulait dans son esprit des images de bataille et ne saisit pas ce que je lui dis à propos de grand-mère. Peut-être, afin d'avoir la paix, fit-il semblant de ne pas m'entendre. La paix (dans le sens de « fiche-moi la paix, enfin ! ») pour mieux écouter la guerre. En effet, depuis hier, il s'impatientait de savoir si la base stratégique de Sotrang avait été reprise ou non par les marines. Il était capable de renseigner quiconque du nombre d'avions américains abattus depuis l'ouverture des hostilités dans le ciel du Viêtnam, mais pas la moindre nouvelle de grand-mère, qu'il avait injustement rayée de sa mémoire, comme la ville de Duc Co de la carte après le passage d'un vol de B 52. Je le détestai pour tant d'indifférence. La plaie de ma grand-mère, plus gravissime à mes yeux que la terre déchiquetée des rizières, ne le touchait pas. J'insistai : « Elle va mal, très mal ! » Il me regarda d'un œil vide, puis la ville de Danang prise sous les tirs des Viêts. « Danang est tombée, demain Saigon ! », claironna-t-il. Dans mon refus de croire que l'homme n'avait mis son intelligence qu'au service de la mort, je hurlai que grand-mère était tombée aux mains des yangs, et qu'il fallait la secourir, la sauver, l'aimer comme nous ne l'avions jamais aimée ; je hurlai que j'étais venu chercher auprès de lui des renforts, du réconfort, une arme à vaincre la gangrène dont les bataillons de bactéries avaient envahi la chair jusqu'à l'os ; je suppliai le Chinois de profiter, pendant qu'il en était encore temps, de l'amour de ma grand-mère. Efforts inutiles. Non seulement il ne me prêtait plus aucune attention, mais il força le volume de la radio de crainte que, au retour du silence, ne ressurgissent les fantômes du passé. Le membre gangrené chez lui, c'était le cœur. Entre nous, la

parole était morte. Et me terrorisait l'idée que, s'il
ne se produisait un miracle, grand-mère mourrait
aussi !

Un jour, dans les sentiers, elle m'avait fait cette
confession qui me revint brusquement à l'esprit :
« Les arbres sont inquiets à cause de la guerre, car
la guerre ne tue pas que les hommes et les bêtes.
Je les console avec mes prières, du mieux que je
peux. Je ne comprends pas toujours ce qu'ils me
disent, les arbres d'ici. Où je vais ? Je n'en sais
rien. Je n'ai jamais su que j'allais quelque part. »
Ses yeux dans les miens, elle avait ajouté qu'elle
était là pour moi, et qu'elle serait là où j'irais si
telle était la volonté du Tout-Puissant. « Tu te
souviens du Jako ? » Oui, je me souvenais du
Jako du roi que le village adorait tel un dieu
sauvage. Ni homme ni bête, il passait de case en
case dans la nuit de l'An, le corps tout barbouillé
de couleurs vives. Cracheur de feu et de vérité, il
défiait les forces du monde visible et invisible, et
les pauvres gens fidèles à la tradition, pour alléger
leur conscience, déposaient sur son passage des
présents que des serviteurs chargeaient dans une
charrette tirée par un vieux canasson. L'an
dernier, j'avais été de la fête aux côtés de mes
camarades de jeux et, dans le *boudoung boudoung*
des tambours, nous admirions les acrobaties du
Jako, nous riions de ses singeries, nous applaudis-
sions l'acteur pour ses sautes d'humeur, par
exemple lorsqu'il marqua le pas, ce soir-là,

devant la demeure des Abélard. Le contremaître s'avança sur le seuil, débordant de suffisance. Un frisson de plaisir courut dans le dos de la foule, car un plaisantin avait remplacé les bouteilles de vieux rhum (déposées au bord du chemin dans un sac) par un nerf de bœuf. Le Jako déboula dans l'allée et, avant qu'il n'eût le temps de renifler la farce, le maître des lieux avait déjà reçu une volée de coups qui comptaient pour les misères faites aux nègres de la plantation par son grand-père, son père et lui-même. Le peuple rit volontiers des mauvais tours joués aux grands de ce monde. C'est dans le rire que le cortège avait poursuivi sa route, à la lueur des torches et d'un clair de lune. Je me tordais de rire. Je riais encore, lorsque plus loin, sous un masque où se disputaient le vert, le jaune, le rouge de la colère, le Jako s'arqua en face de l'allée de muguets, la nôtre, surpris de ne trouver aucune offrande au portail. Une cabriole, et il s'immobilisa. De rage, il fouetta l'ombre de sa queue et s'écorcha les flancs peinturlurés de ses faux ongles. La gorge nouée, je m'élançai vers lui. Humblement, je déposai à ses pieds un sac de toile qu'il saisit aussitôt de ses dents, en parfait équilibre sur ses puissants avant-bras. Une pirouette le remit sur ses jambes et, semeur d'étoiles, il jeta mes billes vers le ciel. Personne ne pouvait lui mentir, ni les hommes, ni les femmes, ni les enfants. Chacun devait payer ses erreurs, même le vieux Sosthène qui, année après année, avait pris l'habitude d'attacher son âne au portail, mais le Jako ne voulut jamais de la bête sous prétexte qu'un conteur, ça ne fait de mal à personne. Moi, j'en avais fait. Et cette nuit-là, je dus payer une partie de ma dette à l'égard de ma mère... Plus tard, tandis que le roulement des tambours s'éloignait, je rentrai à la case et me glissai sous la couverture. Grand-mère vint se pencher sur mon lit pour me dire avec fierté qu'elle pouvait mourir, maintenant que j'avais le sens des responsabilités.

Aujourd'hui, l'arbre devait la protéger du soleil, ses cheveux étaient d'un blanc terne, sale, et le monde avait vieilli tout autant autour de l'âme charitable que la douleur avait traînée jusque-là, dans les coulisses de la mort. Soudain des explosions, c'était l'orage qui grondait en moi ; soudain des larmes, c'était le vent brûlant qui égrenait ses litanies dans le feuillage ; soudain un malaise, celui que j'avais ressenti après la déception causée à Joana sous les bambous ; soudain l'effroyable vision de l'ombre de ma grand-mère se mêlant sous mes yeux à l'ombre de la terre, c'est pourquoi je levai la tête pour implorer le ciel, si bas tout à coup, que quelqu'un m'écoute et se demande à qui appartenait cette voix vibrante, et à qui était destinée ma prière, si possible sans m'interrompre, de peur que je ne puisse reprendre le chant. Je n'eus aucune réponse à ma requête. Je susurrai à l'oreille de ma grand-mère que ce n'était pas un jour pour mourir. Elle me répondit, remuant à peine les paupières, que l'homme meurt à tout instant sans tenir compte du jour, de l'heure.

– C'est vrai, mais la mort ne veut pas de toi ! repris-je. Tu n'es pas assez vieille, ni assez ridée. T'as pas encore le goût de la tombe. Et puis tu oublies qu'on n'a pas fini de visiter l'île. Tu me l'as dit toi-même que si on s'arrête dès qu'on trébuche, c'est foutu. Tu sais que la vie court plus vite que le cheval du gros-blanc ; tu sais que la mort n'aime pas ce qui bouge, alors montre-lui que tu marches. Tu es d'accord, grand-mère ? Dis-lui que tu n'as pas à brandir le drapeau blanc comme à Saigon !

Doucement, elle remonta d'un puits profond d'où ma supplique était partie la chercher, mais la douleur exerçant son emprise sur le corps affaibli, la tête bascula sur le côté ; je pensai que la sentence suprême allait survenir, et avec elle la séparation définitive, ce trou béant dans lequel vous pousse le plus violent des orages. Je la pris par les épaules pour lui cacher mes pleurs. Nous luttâmes dans le fracas de la guerre diffusé par la radio : Quang Ngai, Danang, Minh Long, Sotrang, combien de villes enfouies sous les bombes sans qu'on cesse de croire en la victoire ? Et grand-mère, je n'avais jamais cessé de croire en elle. Soudain le ronronnement d'un moteur m'arracha de ma torpeur, comme pour me faire comprendre que le dernier mot ne reviendrait pas à la mort, que nous aurions une sorte de répit, même si les circonstances nous étaient défavorables. Je bondis vers la départementale 23 pour accueillir le miracle qui venait sur un quatre-roues motrices. Trop tard. Lorsque j'arrivai au bout de l'allée, la voiture passa sous mon nez. Un miracle, ça n'attend pas. Mais la gravité de la situation me commandait de contrer le mauvais sort en faisant mentir les adages, alors je me mis à galoper après la deux-chevaux Citroën en agitant les bras. Le conducteur capta mon SOS dans son rétroviseur, coup de frein dans le virage, marche arrière spectaculaire et arrêt brutal à ma hauteur. Oubliant la politesse, je criai que ma grand-mère était en train de mourir : « C'est Mme Léon... la dame que votre cheval a bousculée l'autre jour ! » Le moteur coupé, le gros-blanc me suivit sans poser de questions, s'étant aperçu de la montée des larmes, irrésistible.

Près de l'arbre, je bégayai :

– Grand-mère, c'est le... c'est...

– C'est le gros-blanc, poursuivit-il. N'est-ce pas ainsi que vous me nommez tous ? À son tour il s'accroupit pour examiner les lésions, le liquide qui suintait de la plaie, et lorsqu'il leva le menton vers moi, son visage était blême d'appréhension. Qui lui a fait ça ?

– Un chien.

– Vite ! à l'hôpital de Belle-Pierre...

– C'est loin.

– C'est le seul. En route !

Pendant qu'il soulevait grand-mère de ses bras, je courus prévenir grand-père qui s'enfonça un peu plus dans son pliant de toile, puis il balança la tête comme s'il voulait se libérer de la phrase suspendue à ses lèvres ; aucun son ne sortit de sa bouche, mais ses mains crispées sur le silence du poste trahissaient son angoisse. Je pensai, et je n'avais pas le sentiment de me tromper, que le Chinois serait à nos côtés dans l'épreuve à venir. Je m'installai sur la banquette arrière, auprès de ma grand-mère qui ne disait rien. Sa vie, plus chiffonnée que sa robe grise, tournait au ralenti. Seule la deuche, après avoir fait demi-tour sur la route, fonçait vers la capitale à toute vitesse, si bien qu'à l'arrière nous avions l'impression d'être pris dans le roulis de la rivière, et tanguaient les champs, les cases, le soleil. À un carrefour, la question me frappa : qui paiera les frais ? On aurait dû tirer une feuille rose à la mairie Le regard du gros-blanc dans le rétroviseur central balaya mes craintes. Les soucis d'argent, c'est pour les pauvres, sembla-t-il me dire dans un sourire. Lui, s'il frappe à une porte, elle s'ouvre. C'était aussi simple que ça, magique. Et dans le tangage, je rêvais d'être un jour gros-blanc. Qui, à ma place, n'aurait pas été tenté par ce rêve qui vous rapproche de la France ? Non pas cette France attachée à ses frontières et à ses conquêtes coloniales, mais la France qui se bat pour les droits de l'homme, le droit d'exister, le droit à la solidarité quelle que soit la couleur de la peau ; non pas cette France perçue comme un pays mythique – celle des contes du petit Chaperon rouge ou de Blanche-Neige –, mais celle des écrivains dont les romans nourrissent la littérature universelle. C'est à l'école que j'appris à aimer la culture française, et je sus très tôt que la meilleure façon de se rapprocher de mieux en mieux de la France, c'est d'aimer sa langue, même si je ne la parlais pas couramment parce qu'elle entrait souvent en conflit avec ma langue maternelle, le créole. Je pouvais du moins la maîtriser à l'écrit. Là, c'était plus à ma portée : face à moi-même, j'apprenais des fables, des poésies que je recopiais dans un cahier, puis je les illustrais, et le soir je les récitais par cœur avant de m'endormir avec mes rêves de grandeur. Je ne crois pas avoir été le seul adolescent qui osa remplacer le *Notre Père qui êtes aux cieux* par un poème de Rimbaud ou de Baudelaire.

Après une heure de route, nous arrivâmes à l'hôpital où grand-mère fut prise en charge par les services d'urgence, après que nous eûmes rempli la fiche d'entrée. Dès lors les heures glissèrent sur le rond de l'horloge, interminables. Nous étions assis sur un banc, sous un long préau. Auprès du gros-blanc, il m'était difficile d'avoir de la tenue avec mes sandales usées, mes vêtements raccommodés, ma tête d'enterrement, mais ça n'avait pas l'air de le gêner, d'autant que personne ne faisait vraiment attention à nous. Dans les couloirs des hôpitaux, chaque visiteur se prépare en fait à recevoir une bonne ou une mauvaise nouvelle, las d'être dans l'insupportable silence. Dans ces cas-là, que fait-on ? On feuillette les plus belles pages du souvenir, j'avance dans les sentiers aux côtés de grand-mère, je la vois qui lave son linge, ramasse du bois mort, cueille des herbes pour ses lapins, trie le riz dans le van, elle rit aussi – et dans mon journal intime son rire me réchauffe plus que le soleil de midi. Puis je l'entends dire que ce n'est pas grave. Il n'y a pas à se tracasser, ni à penser au pire, la vie continue. Elle s'en remettra comme toujours. Je fermai les yeux, pour garder ces images en moi. Enfin je la vis sortir du bloc des urgences en s'aidant d'une béquille, le pied bandé, le visage placide, comme ressuscitée des morts : sauvée ! Elle souriait, marchait, et rien ne me fit plus de bien que de la voir sourire. Le médecin-chef lança que si nous avions tardé davantage, il aurait fallu sectionner les doigts du pied, et peut-être la jambe.

Le gros-blanc s'épongea le front d'une main lourde. Un frisson me saisit. La blouse blanche ajouta sur le même ton détaché que si on nettoyait la plaie et changeait le pansement matin et soir, tout risque d'infection serait écarté et la douleur disparaîtrait au fil des jours. Je ne savais pas trop

comment le remercier. Je ne dis rien. Je ne dis
rien non plus lorsque le gros-blanc ressortit de la
pharmacie du centre-ville avec un sachet débordant de médicaments, ni lorsque la voiture se gara
devant chez nous. Déjà mes camarades de jeux
accouraient, chacun voulant aider ma grand-mère
à descendre l'allée ; déjà la deux-chevaux, dans
un ronron de satisfaction, s'éloignait après avoir
accompli un prodige. Le soleil me faisait des clins
d'œil entre les branches du manguier, balayant
l'ombre des sortilèges.

Séduit par la béquille, le grand-père chinois ne
fit que répéter qu'il aimerait en avoir des milliers
à âcher en guise de bombes dans le ciel du
Viêtnam, un cadeau aux gosses dont la main ou
le pied avait eu le malheur de réveiller la charge
d'une mine. Depuis, il en rêvait sans cesse. Le seul
rêve que je partageais avec lui et, après bien des
nuits blanches, nous n'en avions trouvé aucun qui
fût assez beau pour les estropiés de la guerre.
Quant à grand-mère, tant que la douleur ne
remontait pas jusqu'au trouble, elle la supportait
avec vaillance. Au bout d'une semaine, tout allait
à merveille, si bien qu'elle déposa la béquille au
pied de l'Autel du Sol, comme une offrande
votive. Il n'était pas encore venu, le temps de
reprendre les sentiers, et j'assurais les corvées
avec d'autant plus de fougue que, de temps en
temps, elle m'encourageait d'un geste de la main
ou d'un sourire, ce qui me remplissait de

bonheur, et, s'il ne tenait qu'à moi, j'aurais tout fait pour détourner la maladie de sa route. Malheureusement, nous ne détenons pas la clé de notre avenir. Un soir, grand-mère chuta de sa chaise, prisonnière d'une odeur connue, aussi obsédante que celle des frangipaniers alignés à l'entrée du cimetière. Le van glissa de ses mains et le riz s'éparpilla autour d'elle sur le sol. Les joues marquées par la fièvre, elle me dit que le chien avait autre chose que la rage dans la gueule. Surpris, je questionnai : « La morsure n'est pas normale ? » Elle me répondit que la morsure oui, mais peut-être pas ce qu'il y avait dedans et que le docteur de l'hôpital n'avait pas vu, ne pouvait pas voir. Seule la science de Bamako la remettrait debout. Je pensai : « Bamako ou... moi. »

Je me précipitai dans ma chambre pour récupérer sous le lit le sachet que j'avais reçu des mains du sorcier, puis je rejoignis grand-mère qui dérivait d'un bord à l'autre de sa vie, ballottée par des vagues de douleur de plus en plus fortes, de sorte qu'elle se tenait la tête, impuissante. L'épave disloquée devant moi, c'était ma seule richesse. C'est avec précaution que je défis la ficelle de jute du petit sac tandis que me revenaient en mémoire les prières et les gestes du guérisseur, et, coulant de mes doigts, une poussière d'or se posa sur la plaie. Poudre de fleurs sauvages broyées avec des galets ? Safran ? Aucune importance du moment où la Providence permit à grand-mère de ne pas sombrer dans les eaux glauques du coma, et à présent son œil cherchait à s'accrocher à un rayon de lumière filtrée par le feuillage de l'arbre. « C'est toi, François ? » Je répondis : « C'est moi, je suis là, c'est fini, le chagrin. » Si on pouvait en finir avec la guerre, ce serait beaucoup mieux. Cette fois, quelque chose me disait que la mort n'était plus dans la course. Le doux visage éclairé par le soleil, elle murmura : « Approche ! » Elle me supplia de ne plus haïr ma mère. De nouveau seul aujourd'hui, les yeux rivés sur le ciel, je l'entends encore me dire que mère et fils, c'est deux cœurs qui, au commencement de l'histoire, battent à l'unisson dans un même corps. Si l'un s'arrête, l'autre s'arrêtera aussi ; si l'un a peur, l'autre aura peur aussi. Il n'y a pas de plus belle symphonie que celle-là : réentendre le battement du cœur de la mère dans un corps où l'on se sent un peu à l'étroit, mais si rassurant quand il fait nuit dehors. Grand-mère est morte depuis longtemps déjà, mais ses mots continuent à vivre en moi (mon plus bel héritage), et, honorant sa mémoire, il m'est agréable d'écrire que c'est grâce à elle si, la tête reposant sur l'herbe, il me semble entendre la musique de Berlioz, Christ ressuscité, enfin une embellie.

Lorsqu'un bonheur arrive, nous ne prenons pas toujours conscience de l'impact qu'il a sur nous au moment où il entre dans notre vie, surtout s'il n'était pas attendu, et notre penchant naturel à écarter ce qui est étrange, inouï, nous amène à vivre quelquefois avec des œillères. Après la guérison de ma grand-mère, la joie qui m'avait envahi fut prolongé par une rencontre à laquelle je n'étais pas préparé – de celles que nous n'oublions pas, bouleversantes, avec conséquences, et qui des années après vous reviennent en mémoire, aussi émouvantes que par le passé, troublantes de silence, ces drames d'enfance dont l'âme et le corps gardent une empreinte que le temps n'efface pas, mais creuse davantage. C'était en fin d'après-midi, à la sortie du collège. Ce jour-là, je n'avais pas envie de m'attarder dans la cour de récréation à taquiner les filles en compagnie de mon ami Saint-Pierre, qui, comme il le disait lui-même, ne pensait plus qu'à ça. De toute évidence, la question le travaillait plus que de savoir sur le bout de la langue la règle d'accord du participe passé avec l'auxiliaire être et avoir. En fait, il utilisait sa langue pour réussir des opérations plus subtiles et délicates.

Je m'élançai vers le portail.

Dès que je me fus éloigné du collège d'une centaine de mètres, le cartable à l'épaule, je remontai la route nationale, tournant le dos à une vieille dame qui, recourbée sur son bâton, descendait vers la mer. Et puis tout s'accéléra : je traversai la rue à hauteur de l'église, longeai le mur blanc jusqu'à l'arrêt d'autobus, là où nos regards se croisèrent. C'était d'autant plus étonnant qu'aucune femme ne m'avait fixé de façon si intense, avec dans les yeux un reste de nuits sans sommeil, l'inquiétude de celle qui vit seule en ayant toutes les peines du monde à joindre les deux bouts. Simplement vêtue, elle portait un sac à main suspendu à son bras droit. Soudain mon cœur se mit à battre très fort, alors je pressai le pas pour ne plus voir ses yeux m'interroger : « Pourquoi tu ne t'arrêtes pas ? Tu ne me reconnais pas ? Tu ne me dis pas bonjour ? T'as pas envie de causer ? » Je n'avais pas de raison d'être sur mes gardes, pourtant je poursuivis mon chemin jusqu'au moment où une voix tremblante murmura : « François ! » Elle me connaissait. Cette voix, c'était en quelque sorte sa signature, et sans la connaître ni l'avoir déjà vue, je sus qui elle était, qui elle attendait de revoir depuis des années, je ne pouvais pas me tromper, comme si une mémoire indéfectible avait gardé des souvenirs. Non, il n'était pas nécessaire qu'elle parle, s'explique, s'excuse : cette femme pâlotte, c'était ma mère. Obéissant au lien invisible qui nous unissait en dépit de la longue séparation, je revins sur mes pas. Elle m'embrassa sur les deux joues, puis continua de me fixer tandis que des larmes roulaient dans ses yeux comme des nuées dans un ciel d'orage. Je ne souhaitais pas m'attarder en ce lieu, sachant qu'un autobus viendrait d'un moment à l'autre pour l'emmener ailleurs, loin de moi, dans une ville où je ne saurais pas la retrouver. C'était une rencontre sans lendemain. Mais comment se dire adieu ? Je n'avais pas le cœur à ça. Comment te dire, ma mère, qu'une fois j'ai rêvé de toi ? Un naufrage. Après, je n'ai plus rêvé de toi. Je choisissais des rêves où tu n'y étais pas. Tant de fois, tu sais, je t'ai fait mourir sans que tu le saches. Morte dans mes mots, tu l'étais aussi dans mes rêves. J'ai peuplé toutes les tombes du cimetière de toi. Et puis tu es revenue. Alors j'ai compris qu'une mère, ça ne meurt jamais. Elle plongea une main nerveuse dans son sac, en sortit un billet de 50 francs[1] qu'elle me tendit avec un sourire.

– Merci, fis-je.

Impossible de dire davantage. Ne pas chercher à nommer ni à préciser les contours de la réalité. Surtout ne pas décharger le cœur de tant d'années d'absence, de peur que la parole de vérité ne divise plus qu'elle ne réconcilie les êtres ; de peur que, sous la poussée du feu dans les veines, la colère ne revienne durcir le poing. Aimer sans haïr, pour ne plus souffrir. Et je regretterai toujours le rire qui soulignait la pureté de Joana que des bras d'hommes n'avaient pas encore froissée. Le billet me brûlait les doigts, et je me demandais si ma mère, par ce geste plus que symbolique, n'avait pas voulu payer le prix de l'abandon. Dans le désir de s'aimer, nous voudrions

---

1. 50 francs CFA, une somme assez importante à l'époque.

marcher longtemps et faire taire la question : pourquoi ? Le silence, toujours. À cause du danger de parler comme on crie, de crier comme on pleure. Si peur de rapprocher nos corps, nos mains, nos visages, l'un à distance de l'autre dans le piaillement des oiseaux beaucoup plus bavards que nous dans les branches des flamboyants. Le soleil séchait les mots sur nos lèvres. Elle n'avait pas dans son sac une poudre magique qui, avant l'arrivée du car dont le signal avait retenti dans le dernier virage, nous aurait jetés l'un vers l'autre. En enfouissant le billet dans ma poche, je retrouvai la lettre que Joana avait remise à ma grand-mère pour moi. Et. même si je m'étais juré de ne jamais me séparer de cette lettre, sans la moindre hésitation, je l'offris à ma mère : *Je te pardonne*. Elle monta dans le car qui partait vers Saint-Denis. Je repris la route, songeur et triste. J'avais les yeux secs. Les jours suivants, je ne pleurai pas non plus.

Je n'ai jamais pleuré au départ d'une femme.

Je ne revis ma mère que trois ans après, lorsqu'il me fallut quitter le collège pour le lycée situé dans la capitale. J'avais une bourse, donc je pouvais y être admis comme interne Mais pour que mon inscription fût acceptée, je devais fournir à la direction de l'établissement le nom d'un correspondant, et j'écrivis le nom de jeune fille de ma mère. Ainsi le ciel avait mis un atout de mon côté, et je pus poursuivre mes études.

Aujourd'hui je lève les yeux vers les oiseaux qui battent des ailes, puis s'envolent dans le vent du soir. Tout à coup j'ai la tête vide, le cœur aussi. Pourtant je continue à croire en l'enfant qui pendant longtemps rôda autour des arrêts de bus avec l'espoir que quelqu'un chuchote son nom, puis lui donne la main pour ne plus le laisser seul, quoi qu'il advienne.

Achevé d'imprimer sur les presses de

BUSSIÈRE

GROUPE CPI
à Saint-Amand-Montrond (Cher)
en février 2005

Dépôt légal : février 2005.
Numéro d'impression : 050535/1.

Imprimé en France